Wolfgang Schweiger · Duell am Chiemsee

Wolfgang Schweiger, wurde 1951 in Traunstein geboren. Seit 1979 ist er als freiberuflicher Autor und Journalist tätig. Er veröffentlichte zahlreiche Krimis wie die Geschichten mit dem sympathischen Ermittler-Duo Gruber und Bischoff in „Der höchste Preis", „Kein Ort für eine Leiche«, „Tödlicher Grenzverkehr", „Draußen lauert der Tod" und „Tödliches Landleben".

Wolfgang Schweiger

Duell am Chiemsee

PENDRAGON

Die beste Maske, die wir tragen,
ist unser eigenes Gesicht.
Friedrich Nietzsche

Ein Mensch ist immer so gut
wie die Gesellschaft, mit der er sich umgibt.
Euripides

1

Für ein paar Sekunden war wieder alles präsent, so glasklar und schmerzhaft, als wäre das Ganze erst gestern passiert: das Geschrei, die Schüsse, das Zersplittern der Autoscheiben. Die Erwartung, gleich was abzukriegen. Das Blut in Boschs Gesicht. Die Panik.

Janek blinzelte, der Spuk in seinem Kopf verzog sich, nur Boschs Worte klangen noch nach: „Du wirst sehen, alles ganz easy. Ich weiß, wie wir reinkommen, und einmal drin, machen wir dem Kerl klar, dass er keine Wahl hat und fertig. Keinem passiert was, und vor allem, keiner ruft die Bullen." Klar doch! Nur dass er dabei übersehen hatte, dass dieser verdammte Schmuckhändler nicht nur ein Hehler war, sondern ein besonders cleverer Hehler dazu. Der es irgendwie geschafft hatte, heimlich Alarm zu schlagen, bevor sie ihn auf Eis legten und seinen Tresor leer räumten. So dass sie, kaum bei ihrem Wagen angelangt, auf zwei Typen stießen, die sofort das Feuer auf sie eröffneten.

Janek schüttelte den Kopf und warf einen zweiten Blick in die Menge der Schaulustigen hinter dem Absperrband, aber nichts. Das Gesicht war verschwunden. Nur eine Täuschung, versuchte er sich zu beruhigen. Bosch war tot, und das seit mehr als zwanzig Jahren. Tödlich verunglückt bei einem Autounfall in der Tschechei, nur wenige Monate nach ihrem letzten Coup. Das war jedenfalls das Letzte, was er von ihm gehört hatte. Und wenn nicht, hätte der Mann sich dann nicht längst mal gemeldet? Nein, das konnte einfach nicht sein. Er atmete einmal tief durch, versuchte ein Lächeln und konzentrierte sich wieder auf seine Rolle.

„Alles okay?“, fragte Schrammel mit leicht besorgter Miene.

Janek nickte nur, rückte sich den Gürtel mit dem Pistolenhalfter zurecht und blickte über den Platz zu Koschwitz, der seit gut zehn Minuten vor dem Stadt-Café an seinem Tisch saß, Kaffee trank und sich eben eine neue Zigarette anzündete.

„Also dann: bitte“, sagte Schrammel.

Janek straffte sich und ging los, überquerte festen Schritts den Platz und trat zu Koschwitz an den Tisch. Koschwitz lehnte sich beim Anblick Janeks zurück und setzte ein leicht spöttisches Lächeln auf, die Zigarette lässig zwischen den Fingern.

„Ahhh, Herr Kommissar. So früh schon unterwegs?“

„Früh! Es ist gleich Mittag …“

„Wie auch immer. Darf ich Sie zu einer Tasse Kaffee einladen?“

„Danke, nein. Aber Sie dürfen ruhig noch austrinken und Ihre Zigarette fertig rauchen. Wird schließlich einige Zeit dauern, bis Sie wieder im Freien frühstücken können.“

„Ach ja?“

„Ja. Ihre Komplizin hat heute Morgen den Mord gestanden.“

„Tatsächlich?“

„Ja.“

„Lächerlich. Absolut lächerlich.“

„Wie Sie meinen. Trotzdem sind Sie hiermit vorläufig festgenommen.“

Koschwitz drückte die Zigarette umständlich im Aschenbecher aus und griff dann behutsam in die linke Innentasche seiner Hirschlederjacke. „Ich schätze, dann muss ich jetzt wohl meinen Anwalt verständigen“, sagte er, während er sein Smartphone herausholte.

„Ist Ihr gutes Recht“, erwiderte Janek. Im

nächsten Augenblick rief Schrammel: „Danke“, und Janek trat einen Schritt beiseite, um den Kameramann vorbei zu lassen.

„Fünf Minuten Pause“, sagte Schrammel zu Janek. „Und beim nächsten Mal mit ein bisschen mehr Nachdruck, wenn's geht.“

Janek nickte und schlenderte zu dem untersetzten, etwa sechzigjährigen Mann, der rechts von ihm am Eingang zum Kaufhaus Unterforsthuber stand, die Hände in den Manteltaschen vergraben. Er hatte Hauptkommissar Andreas Gruber von der Kripo Traunstein eine Woche vor Drehbeginn kennen gelernt, als er zusammen mit Schrammel die Polizeiinspektion aufgesucht hatte, um sich dort ein wenig umzusehen. Gruber hatte sie herumgeführt und auch bereitwillig Auskunft erteilt, es aber abgelehnt, das Drehbuch zu lesen oder ihnen sonst einen Ratschlag zu geben.

„Hallo, Herr Kommissar“, sagte er und hielt Gruber über das Absperrband hinweg die Hand hin. „Schön, dass Sie doch mal Zeit hatten vorbeizuschauen.“

Sie schüttelten sich die Hände. „Warum nicht?“, erwiderte Gruber. „Ist heute der letzte Drehtag, soviel ich gehört habe.“

„Genau.“

„Und, ist alles nach Plan verlaufen?“

Janek nickte. „Im Großen und Ganzen ja. Zum Glück hat ja auch das Wetter mitgespielt, so dass wir kaum umdisponieren mussten … Und bei Ihnen, wie läuft's da so? Keine bösen Buben von auswärts in Sicht, denen Sie auf die Finger klopfen könnten?“

„Sie sollten nicht alles glauben, was in der Zeitung steht …“

„Schon möglich. Es war mir jedenfalls eine Ehre, Sie quasi vertreten zu haben.“

„Das hört man gerne. Und, wissen Sie schon, was Sie als Nächstes machen werden?“

„Konkret nicht, aber es gibt schon ein paar Angebote.“

„Na wunderbar. Also dann, vielleicht bis zum nächsten Mal.“

„Wenn's ein Erfolg wird, dann bestimmt. Übrigens, wir feiern heute Abend Abschied von Ihrer netten kleinen Stadt. Würde mich freuen, wenn Sie auch kommen könnten.“

„Und wo?“

„In einem Studio noch was …“

„Studio 16 in der Bahnhofstraße“, ergänzte Gruber.

„Genau. Was ist das eigentlich, eine Kneipe?“

Gruber schüttelte den Kopf. „Das war’s einmal. Heute ist dort ein kleines Theater untergebracht.“

„Ach ja? Und was spielen sie da?“

„Offen gesagt, habe ich keine Ahnung. Mir reicht das Theater, das ich in meinem Beruf erlebe.“

„Das kann ich mir vorstellen. Also dann, bis später vielleicht …“

„Mal sehen. Also, noch gutes Gelingen …“ Sie schüttelten sich nochmals die Hände, und Gruber stapfte davon.

„Würde man dem Typ echt nicht ansehen, dass er in Wirklichkeit ein knallharter Hund ist“, sagte Schrammel, der neben Janek getreten war, einen Becher mit Kaffee in der Hand. Sie blickten dem Kommissar nach, bis er zwischen den Passanten auf dem nicht abgesperrten Teil des Stadtplatzes verschwunden war.

„Allerdings“, erwiderte Janek und dachte daran, was dieser Provinzbulle wohl von ihm halten würde, wenn er wüsste, was er wirklich auf dem Kerbholz hatte. Was er mit Bosch nebenher so alles durchgezogen hatte, ohne Verdacht auf sich zu ziehen. Und jetzt stand er hier und spielte ausgerechnet einen Polizisten. Ironie des Schicksals oder einfach nur albern?

Schrammel klopfte Janek auf die Schulter. „Also los, wir müssen wieder ran, bevor die Sonne weg ist.“

2

Gruber blieb kurz an der Tür stehen und blickte sich um. Er zählte etwa dreißig Leute, die im Zuschauerraum herumstanden, die meisten ein Glas Wein oder eine Flasche Bier in der Hand und in Gespräche verwickelt. Bis auf Janek war ihm keiner näher bekannt, und so betrat er den Raum hinter der Bühne, wo ein Tresen und mehrere rustikale Holztische daran erinnerten, dass der Laden früher einmal eine Gastwirtschaft gewesen war. Er stellte sich an den Tresen und bat die dunkelhaarige Frau, die den Ausschank besorgte und gerade an der Kaffeemaschine beschäftigt war, um einen Espresso. Musterte erneut die Gesichter um sich herum.

An einem der Tische saß ein Stadtrat von den Grünen und diskutierte mit einem älteren Mann, der als Kunstmaler einen gewissen Ruf in der Stadt hatte. Der Dritte am Tisch, ein mit Gruber befreundeter Musiklehrer, hatte den Blick auf sein leeres Weinglas geheftet. Der Stadtrat winkte ihm zu, und Gruber erwiderte den Gruß. Er hatte zwar noch nie „Grün“ gewählt, schätzte aber das Engagement des Mannes. Er überlegte noch, ob er sich vielleicht dazu setzen sollte, als eine Stimme hinter ihm sagte: „Freut mich, dass Sie doch noch gekommen sind."

Gruber drehte sich um. Vor ihm stand Schrammel, der Regisseur, neben ihm eine blonde, vollbusige, etwa dreißigjährige Frau, die sich bei Schrammel eingehakt hatte. Die Frau wirkte angeheitert und blinzelte Gruber zu.

„Offen gesagt, hat mich meine Frau dazu überredet", erwiderte Gruber.

„Ach ja? Und wo ist die Beste?"

„Eigentlich müsste sie schon da sein. Sie ..."

„Haben Sie wirklich schon jemanden erschossen?", unterbrach ihn die Frau unvermutet.

Bevor Gruber antworten konnte, sagte Schrammel: „Mensch, Bea, so was fragt man doch nicht. Jedenfalls nicht so direkt."

„Ich meine ja nur", sagte Bea und starrte Gruber weiter mit großen Glitzeraugen an. „Ich meine, wenn man Sie so sieht ..."

„Schon gut", sagte Schrammel, murmelte Gruber eine Entschuldigung zu und zerrte die Frau vom Tresen weg in die Ecke mit der Garderobe. Gruber atmete erleichtert auf, trank seinen Espresso und blickte auf seine Armbanduhr. Gleich halb neun. Wo blieb Ingrid nur? Er holte sein Handy heraus und war schon auf dem Weg ins Treppenhaus, um dort ungestört zu telefonieren, als er Janek wieder erblickte, im Schlepptau einen jungen Mann mit Bart und blau getönter Brille, der ihm von etlichen Pressekonferenzen her bekannt war. Die beiden blieben vor ihm stehen.

„Hallo Herr Hauptkommissar", sagte der Pressemensch. „Toll, nicht? Jetzt hat auch Traunstein seinen Platz auf der Krimilandkarte."

Gruber nickte nur.

„Und, was halten Sie von Ihrem Fernseh-Kollegen?"

Lehmann, fiel Gruber ein. Der Mann hieß Lehmann.

„Soweit ich das beurteilen kann, hat er seine Sache ganz gut gemacht", erwiderte Gruber.

„Vielleicht, weil er beide Seiten kennt, die Bösen wie die Guten?"

„Warum nicht? Sie haben in Ihrem Artikel seinen Werdegang ja genauestens beschrieben."

„Dann ist es doch eine tolle Karriere, die er da gemacht hat, finden Sie nicht?"

„Allerdings."

Gruber war tatsächlich beeindruckt gewesen, als er Ende August erfahren hatte, was der Hauptdarsteller des Films, den man demnächst in Traunstein drehen würde, für ein Vorleben hatte: Waisenkind, im Heim aufgewachsen, mit Anfang zwanzig Mitglied einer Rockergang, die das Ruhrgebiet unsicher gemacht hatte. Mit vierundzwanzig war Janek wegen Körperverletzung und räuberischer Erpressung dann erstmals vor Gericht gestanden, aber auf Bewährung davongekommen. Als er kurz darauf erneut wegen Körperverletzung und einiger anderer Delikte vor dem Kadi gelandet war, hatte ihm dies eine sechsjährige Haftstrafe eingebracht.

Während der Haftzeit dann der Wandel, hatte er sich von seinen Komplizen distanziert, in einer Theatergruppe engagiert und auch sonst zum Musterknaben entwickelt, so dass einer vorzeitigen Entlassung nichts im Weg gestanden hatte. Danach hatte er eine Schauspielschule besucht, nebenher als Taxifahrer gearbeitet und bald schon erste Erfolge auf lokalen Bühnen gehabt. Nach Engagements in Frankfurt und München war ihm in Berlin schließlich der Durchbruch gelungen, war er, wie Lehmann es formuliert hatte, zum viel gefragten Darsteller betont männlicher Charaktere avanciert. Was wenig später zu ersten Rollen beim Fernsehen geführt hatte, und jetzt zu seiner Hauptrolle als Kommissar eines Regionalkrimis.

„Was meinen Sie dazu?“, fragte Lehmann Janek.

„Na ja, wie Sie wissen, habe ich aus meiner Vergangenheit nie ein Geheimnis gemacht“, antwortete Janek. „Stimmt, ich war eine Zeitlang in ziemlich schlechter Gesellschaft. Was mir jetzt natürlich indirekt zugute kommt.“

„In einem Interview haben Sie mal erwähnt, dass die Schauspielerei Sie gerettet hätte?“, hakte Lehmann nach. „Waren Sie wirklich so verstrickt in kriminelle Machenschaften, oder war das nur kokett gemeint?“

„Sagen wir so: Es wäre mir garantiert um einiges schwerer gefallen, aus diesem Milieu wieder raus zu kommen, wenn die einzige Option Taxi fahren oder so gewesen wäre. Das habe ich zwar eine Zeitlang gemacht, um die Miete bezahlen zu können, aber lebenslänglich …“ Er lächelte knapp. „Aber auch so, schätze ich, hatte ich einfach Glück.“

„Eine letzte Frage noch: Wer ist Ihr Lieblingsschauspieler?“

Janek überlegte mit Blick zu Gruber kurz. Sagte dann: „Lee Marvin.“

Nicht schlecht, dachte Gruber.

„Lee Marvin“, wiederholte Lehmann. „War der nicht in diesem Western dabei, wo vier Typen nach Mexiko reiten, um eine gekidnappte Frau aus den Händen eines Banditen zu befreien?“

„Genau der.“

„Und Sie, Herr Kommissar“, wandte sich Lehmann an Gruber. „Haben Sie auch einen Lieblingsschauspieler?“

„Weiß ich nicht genau“, erwiderte Gruber. „Vielleicht Curd Jürgens …“

„Im Ernst?“

„Sicher.“

Ein Klopfen auf seine rechte Schulter ließ Gruber herumfahren. Es war der Musiklehrer, ein Glas mit Aperol in der Hand. „Hallo Andreas. Wolltest du dieser Tage nicht nach Dresden fahren?“

„Äh, schon“, sagte Gruber. „Woher weißt du …?“

„Ich war letzte Woche bei deiner Frau im Laden, da hat sie mir davon erzählt." Er blickte kurz zur Seite. „Die ist doch auch da, oder?"

„Sie kommt noch. Hoffe ich jedenfalls." Er hielt sein Handy hoch. „Ich wollte sie gerade anrufen. Vielleicht dauert ihr Kurs etwas länger."

„Was für ein Kurs denn?"

„Ist eigentlich ein Workshop. Sie hat im Lauf der Jahre ein paar Kurzgeschichten geschrieben und möchte jetzt von einem Profi erfahren, wie's richtig geht."

„Echt? Das würde mich auch interessieren ..."

„Freitag", sagte Gruber, um das Thema zu wechseln. „Freitag früh geht's los. Die erste Busreise meines Lebens. Mir graut jetzt schon davor."

„Sag das nicht. Ich war erst im Mai mit so einem Ding in Rom, meine Frau wollte unbedingt den neuen Papst sehen. War super bequem und du hast null Stress."

„Gut zu wissen. Und beim Papst, wie war's da so, auch bequem und stressfrei?"

„Frag mich nicht. Aber du als alter Heide hättest für so was ja eh kein Verständnis."

„Gott sei Dank."

3

Janek hatte kaum die Haustür hinter sich geschlossen und das Licht angemacht, als er irritiert innehielt. Die Tür am Ende des Flurs, die er stets verschlossen hielt, stand halb offen. Und es roch nach Zigarettenrauch. Er legte seinen Rucksack auf der Holzbank an der Garderobe ab und warf einen Blick ins Wohnzimmer, wo an der Wand über dem Sofa sein Katana-Schwert hing. Eine Waffe, mit der er locker ein halbes Dutzend Angreifer in Schach halten könnte, es sei denn, die anderen hatten Schusswaffen bei sich. Doch bevor er sich entscheiden konnte, flog die Tür ganz auf und eine dunkel gekleidete Gestalt mit einem breiten Grinsen im Gesicht wurde sichtbar.

Es war Markus Bosch!

Sein Kumpel aus längst vergangenen Tagen.

Der einzige Mann, den er jemals als wirklichen Freund betrachtet hatte.

Janek schüttelte entnervt den Kopf. „Also hab ich doch richtig gesehen“, sagte er. „Mich hätte fast der Schlag getroffen, du Blödmann.“

„Tja, ich wollte dich mal in Aktion sehen“,

erwiderte Bosch und trat in den Flur. „Tut mir leid, wenn ich dich dabei erschreckt haben sollte.“

„Wie kommst du überhaupt hier rein?“

„Wie sagt man so schön: Gelernt ist gelernt. Außerdem wollte ich mich davon überzeugen, dass du allein hier wohnst.“

„Und wenn ich jemanden mitgebracht hätte?“

„Hast du aber nicht, oder?“

„Ich hab gehört, du wärst tot. Tödlich verunglückt bei einem Autounfall irgendwo in der Nähe von Karlsbad.“

„Ich weiß. Und ich weiß auch, dass du nicht allzu viel unternommen hast, um herauszufinden, ob es stimmt.“ Er lächelte kurz. „Hat meine Gefühle ganz schön verletzt, muss ich dir sagen.“

Janek schluckte schwer. Aber Bosch hatte schon Recht. Nicht, dass er ihm damals den Tod gewünscht hätte, das ganz bestimmt nicht. Aber wenn er recht überlegte, hatte sich seine Trauer durchaus in Grenzen gehalten. Zumal er sich nach ihrem letzten Coup geschworen hatte, nie wieder ein Ding mit ihm zu drehen und sein Glück noch weiter zu strapazieren.

„Das kann schon sein", sagte er. „Aber dann weißt du auch, dass ich kurz darauf verknackt wurde und ein paar andere Sorgen hatte."

„Klar doch. Aber Schluss jetzt mit den alten Geschichten." Bosch kam auf Janek zu und breitete die Arme aus. „Jetzt komm schon her, Alter, und lass dich umarmen."

Janek ließ es geschehen, und folgte Bosch anschließend in die Küche, wo auf dem Tisch neben Kaffeegeschirr und einem halbleeren Glas Weißwein auch ein Teller mit Resten von Brot, Käse und Schinken stand.

„Du hast es dir ja richtig gemütlich gemacht", sagte Janek.

„Was sollte ich machen? Du hast ja ganz schön auf dich warten lassen." Bosch trank einen Schluck Wein und rülpste ungeniert. „Ich hab schon befürchtet, du kommst heute überhaupt nicht mehr."

Sie setzten sich an den Tisch. „Und warum hast du dann nie etwas von dir hören lassen?", fragte Janek, dem längst klar war, dass dies kein reiner Freundschaftsbesuch war. „Dass du mich nicht im Knast besucht hast, kann ich verstehen, aber später …"

„Na ja, zuerst war ich ja ganz froh darüber,

dass ich für tot gehalten wurde. Hat mir ein bisschen Beinfreiheit verschafft. Und später dann, als du schon Theater gespielt hast und plötzlich mit ganz anderen Leuten zusammen warst, da wollte ich nicht den Störenfried spielen."

„Sehr aufmerksam von dir ..."

„Ja, finde ich auch."

„Und was hast du in all den Jahren so gemacht?"

„Ich? Ach, so einiges, würde ich sagen. In der ersten Zeit war ich viel im Osten unterwegs ..."

„Im Osten?"

„In den neuen Bundesländern. Hauptsächlich in Sachsen. Hab für ein paar Leute, die dort investiert haben, ein paar Probleme gelöst. Nichts Spektakuläres, aber auch nicht der schlechteste Weg, um über die Runden zu kommen."

„Das glaube ich dir gerne."

„Später war ich ne Zeitlang auf Mallorca. Hab als Barkeeper gearbeitet und nebenbei für einen Typ, der mal groß im Schlagergeschäft war, ein paar Besorgungen gemacht."

„Besorgungen, hm?"

„Na ja, du weißt schon, das Übliche halt.

Hab ihm Stoff und ab und zu ein Mädel beschafft, bis ich gemerkt habe, dass der Kerl eigentlich längst pleite ist. Ich wollte ihm noch dabei helfen, sein Haus zu verkaufen, aber davon wollte er partout nichts wissen. Und das war's dann."

„Ich wusste gar nicht, dass du so ein Menschenfreund sein kannst ..."

„Ich hab den Kerl gemocht, was soll's? Er hat mir eine Bleibe geboten, ohne lange zu fragen, und war immer fair zu mir."

„Interessant. Und von was lebst du heute, wenn ich fragen darf?"

„Ich bin in München Teilhaber von einem Restaurant und leite im Bahnhofsviertel eine Spielhalle." Er deutete auf die Kücheneinrichtung. „Wie bist du eigentlich an die Hütte hier rangekommen? Doch nicht etwa gekauft?"

„Schön wär's. Gehört einem älteren Kollegen, dem das Landleben langweilig geworden ist, der aber das Haus vorerst behalten möchte. Bis er sich entschieden hat, kann ich hier wohnen, und das relativ günstig dazu. Also wenn du Geld brauchen solltest ..."

Bosch hob abwehrend die Hände. „Für was hältst du mich?"

Janek sagte nichts dazu. Stattdessen stand er auf und ging ins Wohnzimmer hinüber, um Musik aufzulegen. Er wählte „In Time", das neue Album der Mavericks, deren melancholischer Tex-Mex-Sound ihm für dieses unerwartete Wiedersehen genau richtig schien. Bosch, der ihm gefolgt war, zog unterdessen das an der Wand befestigte Katana-Schwert aus der Scheide und prüfte mit dem Daumen die Klinge.

„Noch immer auf dem Samurai-Trip, hm?"

„Warum nicht?"

Bosch schwang das Schwert etwas unbeholfen durch die Luft.

„Pass auf, das Ding ist scharf wie eine Rasierklinge …" Janek nahm Bosch das Schwert aus der Hand und schob es vorsichtig zurück in die Scheide. „Und jetzt verrate mir endlich, warum du hier bist?", sagte er.

„Du hast dich nicht geändert, was?", gab Bosch zurück, während er im Zimmer umherspazierte und Janeks Bücher- und DVD-Sammlung mit wenig Interesse betrachtete. „Immer misstrauisch und auf das Schlimmste gefasst."

„Nur deswegen bin ich … sind wir beide noch am Leben."

„Stimmt."

„Aber du hast meine Frage nicht beantwortet …“

„Also gut, ich bin hier, weil ich deine Hilfe brauche, ganz einfach.“

„Für was Illegales, schätze ich?“

„Oberflächlich gesehen ja. Aber keine Sorge, ist sozusagen eine Privatsache. Jedenfalls nichts, was uns die Bullen auf den Hals hetzen würde.“

Janek schüttelte den Kopf. „Vergiss es.“

Bosch setzte sich in den Sessel vor dem Fernseher und tat so, als müsse er nachdenken. Janek ließ sich auf der Couch nieder und versuchte, sich auf die Musik zu konzentrieren. Es gelang ihm nicht.

„Wenn du meinen Plan kennst, bist du vielleicht anderer Meinung“, sagte Bosch nach einer Weile.

„Du kannst deinen Plan für dich behalten. Abgesehen davon, du bist doch die letzten fünfzehn Jahre auch ohne mich zurechtgekommen. Warum gerade jetzt und gerade ich?“

„Weil du der einzige Mensch bist, dem ich voll und ganz vertraue. Ich meine, natürlich kenne ich ein paar Leute, die für die Sache in Frage kämen. Aber du weißt ja, wie die meisten dieser Typen gestrickt sind. Auch wenn erstmal alles glatt geht, irgendwann fliegst du trotzdem auf, weil die meisten einfach nicht ihr Maul halten können. Weil sie's irgendwann nicht mehr aushalten und von ihren Heldentaten erzählen müssen, sei es, weil sie besoffen sind oder irgendeiner Schlampe imponieren wollen. Oder weil sie in der Klemme stecken und mit den Bullen einen Deal machen müssen. Und schon hast du den Arsch im Freien."

„Und du meinst, bei mir wäre das anders?"

„So wie ich dich kenne, ja."

„Und wenn ich trotzdem nein sage?"

Bosch stand auf, ging in die Küche zurück und kam mit einer Dose Bier in der Hand wieder ins Wohnzimmer. Er trank einen Schluck im Stehen und sagte mit bemüht ausdruckslosem Gesicht: „Ich sag's dir ungern, aber der Typ, den wir da zuletzt ausgenommen haben, ist immer noch im Geschäft. Und was für Verbindungen der Kerl hat, haben wir ja zu spüren bekommen. Ich meine, ich könnte da irgendwas drehen, ihm zum Beispiel das Angebot machen, dass er mich in Frieden lässt und sich dafür an dich hält. Und wenn ihm das nicht reichen sollte, auch gut. Ich kann schlimmstenfalls jederzeit von der Bildfläche verschwinden, aber du …" Er schaute kurz weg. „Jedenfalls glaube ich nicht, dass er dich davonkommen lässt, nur weil du inzwischen ein bekannter Schauspieler bist."

„Du bist ein Schwein!"

„Schon möglich, aber du hast immerhin die Wahl: Entweder du machst mit oder du riskierst, dass irgendwann eines Nachts ein Typ in einem Riesengeländewagen dir voll in deinen Wagen reinknallt, um nur eine Möglichkeit von vielen zu nennen."

Janek sagte nichts.

„Ich meine, du kannst es natürlich darauf ankommen lassen", fuhr Bosch ungerührt fort. „Ob ich es wirklich mache, ob der Typ wirklich etwas unternimmt, ob du wirklich damit leben willst. Ich meine, ich kenne dich, dir macht nichts so leicht Angst, aber wenn ich die Wahl hätte …"

„Und dich habe ich mal für meinen besten Freund gehalten!"

„Das bin ich immer noch. Und du bist mein bester Freund. Aber wofür hat man Freunde, hm? Um sie auch mal um Hilfe zu bitten, oder etwa nicht?"

4

„Also, die Sache läuft folgendermaßen ab“, sagte Bosch, sowie er die Straßenkarte auf dem Küchentisch ausgebreitet hatte. „Heute in vier Tagen, also nächsten Samstag, kommt im Lauf des Abends ein Typ namens Alfons Kreutzer in einem Opel Zafira mit Dachauer Kennzeichen auf der Autobahnraststätte Irschenberg an, um einem anderen Typen eine Ladung Kokain zu übergeben. Und an dem Punkt schlagen wir zu. Von diesem Kreutzer geht dabei keine Gefahr aus. Der wird nur für den Transport bezahlt und wird den Teufel tun, sich mit uns anzulegen. Abgesehen davon ist er nicht mehr der jüngste und auch nicht bewaffnet. Wir haben es also nur mit dem Abnehmer zu tun. Einem Mann, der nichts dergleichen erwartet und schätzungsweise auch keinen Wert darauf legt, in aller Öffentlichkeit etwas zu riskieren und den wilden Mann zu spielen.“

„Und wenn er trotzdem Schwierigkeiten macht?“

„Dann werden wir schon damit fertig, keine Sorge.“ Bosch grinste. „Wenn's nicht so wäre, wär's ja fast langweilig, oder?“

„Und woher weißt du von dieser Übergabe?", fragte Janek.

„Wie ich vorhin schon gesagt habe, diese Typen können einfach nichts für sich behalten, egal, in welcher Branche. Also habe ich ein bisschen nachgeforscht und so peu à peu erfahren, was der Kerl so treibt. Und schließlich auch, wann er wieder aktiv sein wird."

„Und wer ist dieser Kreutzer?"

„Ein Frührentner aus Dachau, der vor vier Jahren an der bulgarischen Schwarzmeerküste eine alte Villa gekauft hat, um dort ein Heim für deutsche Demenzkranke aufzumachen. Nicht aus reiner Nächstenliebe, versteht sich. Aber nachdem dort unten Pflegekräfte nur einen Bruchteil von dem kosten, was man hierzulande für sie ausgeben muss, hat er wohl ein dickes Geschäft gewittert. Das ist zwar ausgeblieben, aber dafür hat er ein paar Leute von der bulgarischen Mafia kennen gelernt und ist mit denen ins Geschäft gekommen. Jedenfalls fährt er seitdem ein paar Mal im Jahr zurück in die alte Heimat und schafft dabei ein paar Kilo Koks ran."

„Und warum schicken diese Bulgaren nicht ihre eigenen Leute los?"

„Ganz einfach, wenn die Bullen einen von denen dabei erwischen, wandert der Mann für mindestens vier bis sechs Jahre in den Knast. Und wenn er vorbestraft ist, kann er mit zehn rechnen. Unser Mann hingegen ist Deutscher, ist nicht vorbestraft, und sollte er auffliegen, kann er glaubhaft behaupten, die böse Bulgarenmafia hätte gedroht, sein schönes Heim mitsamt seinen hilflosen Bewohnern abzufackeln, sollte er nicht mitmachen. Da hätte er sogar Chancen, auf Bewährung davonzukommen."

„Und für wen ist der Stoff bestimmt, auch für irgendwelche Bulgaren?"

„An wen der Stoff geht, weiß ich nicht. Aber das spielt auch keine Rolle, würde ich sagen."

„Vermutlich nach München, oder? Dann frage ich mich aber, wieso die Übergabe in Irschenberg stattfindet."

Bosch winkte ab. „Vielleicht sitzt der Abnehmer irgendwo südlich von München. Vielleicht im Tegernseer Tal. Von dort aus ist die Raststätte Irschenberg der nächste Punkt an der Autobahn."

„Ja, möglich." Janek lehnte sich zurück und ließ sich das eben Gehörte durch den Kopf gehen. So wie Bosch die Sache dargelegt hatte, klang es kinderleicht, fast wie ein Spaziergang im Park. Kurz zuschlagen und wieder verschwinden. Was also war riskanter? Mitmachen oder nein sagen? Schauen, ob er's noch drauf hatte oder darauf warten, ob Bosch seine Drohung wahr machte? Dass dieser Schmuckhändler und Hehler etwas unternehmen würde, sollte er von seiner Beteiligung an dem Überfall erfahren, daran zweifelte er nicht. Bosch hatte dem Mann dabei ziemlich zugesetzt und sie hatten zwei von seinen Leuten niedergeschossen. Keine Frage, der Mann würde sich etwas sehr, sehr Hässliches ausdenken. Und er müsste es ausbaden, da könnte er noch so vorsichtig sein.

„Du brauchst dich natürlich um nichts zu kümmern“, sagte Bosch weiter. „Den Wagen, die Waffen und was wir sonst noch brauchen, besorge alles ich. Wenn du willst, sogar eine kugelsichere Schutzweste. Alles, was ich von dir brauche, ist deine Anwesenheit. Ein gutes Gefühl im Rücken, wenn du verstehst, was ich meine.“

Janek sagte nichts.

„Im Grunde ist alles eine Frage des Timings,

verstehst du? Aber das kriegen wir schon hin. Ein paar Minuten Action, und wir sind wieder weg. Und keiner schreit um Hilfe oder ruft die Bullen."

„Und was ist, wenn diese Typen dir auf die Spur kommen?", fragte Janek. „Verkaufst du mich dann an die, um deinen Hals zu retten?"

„Keine Angst, niemand wird dich verkaufen. Und selbstverständlich bekommst du auch deinen Anteil. Fünfzehn Prozent vom Erlös, was hältst du davon?"

Ich könnte ihn umbringen, kam es Janek unvermutet in den Sinn, einfach aus dem Weg räumen. Er hatte außer dem Katana-Schwert zwar keine Waffe im Haus, aber wenn Bosch einen Coup vorbereitete, führte er vielleicht auch eine Pistole mit sich. Entweder am Körper oder in einer Tasche seines Ledermantels. Die könnte er unter einem Vorwand in die Finger kriegen und dann, ab in die Ewigkeit, mein Freund. Oder genauer, ab in ein Grab im Moor. Das Dumme war nur, dass er nicht sicher sein konnte, ob Bosch nicht doch mit jemandem über ihn gesprochen hatte, ob es wirklich nur eine Sache zwischen ihnen beiden war.

„Eines verstehe ich trotzdem nicht“, sagte er. „Ich meine, du hast dich jetzt jahrelang mit Kleinkram herumgeschlagen, hast mehr oder weniger dein Auskommen, wenn ich das richtig verstanden habe, und jetzt auf einmal wieder so ein Ding?“

„Ganz einfach, weil mir die Sache praktisch in den Schoß gefallen ist, deswegen. Abgesehen davon werde ich nicht jünger. Das hier ist vielleicht meine letzte Chance, noch einmal groß abzuräumen.“ Bosch bedachte Janek mit einem leicht vorwurfsvollen Blick. „Ich meine, du hast leicht reden. Du machst das, was dir Spaß macht und verdienst auch noch deine Kohle damit. Mir dagegen hängt der ganze Scheiß hier längst zum Hals raus …“

„Da bist du nicht der einzige. Hast du eigentlich schon einen Abnehmer für das Zeug? Ich meine, dir ist doch klar, dass jeder zweite, der heute als Käufer auftritt, ein Bulle ist?“

„Weiß ich, keine Sorge.“

„Und, hast du?“

Bosch wand sich ein wenig. „Nicht direkt. Aber ich kenne da ein, zwei Leute, die mir vielleicht was vermitteln können …“

Auch das noch, dachte Janek.

„Also, was ist?“, drängte Bosch. „Bist du jetzt dabei oder nicht?“

Janek nickte nur, angeregt von einer Idee, die ihm nicht sonderlich gefiel, aber vielleicht die Lösung war: Er würde mitmachen und sowie feststand, dass niemand sonst in die Sache verwickelt war oder Bescheid wusste, würde er sich um Bosch kümmern. Nicht gerade leichten Herzens, aber wenn Bosch sich unbedingt mit der Drogenmafia anlegen und ihn da mit hineinziehen wollte, sein Pech. Er sagte: „Okay, ich bin dabei. Aber nur, wenn es bei dem einen Mal bleibt. Nicht, dass du in einem halben Jahr oder so wieder hier aufkreuzt und …“

„Du hast mein Wort“, unterbrach ihn Bosch. „Wir ziehen das hier durch und danach siehst du mich nie wieder.“

Da könntest du Recht haben, dachte Janek mit bitterem Beigeschmack.

5

Es war kurz nach fünfzehn Uhr, als Gruber und Ingrid aus dem Bus stiegen, ihr Gepäck aufnahmen und das Hotel betraten, das in zentraler Lage unweit des Hauptbahnhofs lag. Entgegen seiner Befürchtung fühlte sich Gruber nur ein wenig erschöpft, ansonsten hatte ihm die gut siebenstündige Fahrt wenig ausgemacht. Auch wenn es merkwürdig gewesen war, vorbei an Städten wie Chemnitz oder Zwickau durch ein Land zu fahren, das ihm fremd und fern schien, auch wenn alles fast so aussah wie zuhause im Chiemgau, sanfte Hügel und viel Wald, nur weniger dicht besiedelt.

Verrückte Welt, dachte Gruber und klopfte unwillkürlich gegen das Taschenbuch in seiner Jackentasche, das ihm Ingrid zu Beginn der Fahrt in die Hand gedrückt hatte. Ein Roman über den Arzt und Reformer Johann Friedrich Struensee, von dem er bis zum heutigen Tag bedauerlicherweise nichts gehört hatte.

Sie fuhren nach oben in den siebten Stock und betraten ihr schmuckloses, aber praktisch eingerichtetes Zimmer. Sie stellten ihre Taschen ab und Gruber setzte sich aufs Bett, während Ingrid im Badezimmer verschwand. Er dachte daran, sich erstmal für eine Stunde hinzulegen, bevor die ersten Sehenswürdigkeiten auf dem Programm standen. Als er wieder aufwachte, lag Ingrid neben ihm, umgezogen, frisch geschminkt und fein parfümiert, und blätterte in ihrem Reiseführer. Er blickte auf die Uhr. Halb fünf vorbei.

„Warum hast du mich nicht geweckt?", fragte er leicht schuldbewusst.

„Wird noch ein langer Abend", erwiderte sie mit einem Lächeln. „Und da habe ich lieber einen ausgeschlafenen Mann an meiner Seite." Sie drückte ihm einen Kuss auf die Wange. „Aber jetzt auf mit dir, sonst hole ich die Polizei."

Gruber erhob sich schwerfällig und begab sich ins Badezimmer, wo Ingrid bereits ihre Toilettensachen platziert hatte. Er spritzte sich etwas kaltes Wasser ins Gesicht, trocknete sich ab und putzte sich noch kurz die Zähne. Auf dem Weg nach unten fragte Ingrid: „Und, wie hat dir das Buch gefallen? Du warst zeitweise ja ganz schön abwesend."

„Danke, hab selten eine so spannende Geschichte gelesen. Der Mann hat sich echt was getraut für die damaligen Verhältnisse. Reformiert das Schulwesen, schafft Leibeigenschaft und Folter ab, führt Meinungs- und Pressefreiheit ein, und was ist der Dank dafür: Er landet auf dem Schafott."

„Wenn man dich so hört, käme man nie auf den Gedanken, dass du Polizist bist." Ingrid beugte sich vor und küsste Gruber auf die Lippen.

„Findest du?"

„Ja. Oder meinst du nicht, dass manche deiner Kollegen gegen ein bisschen Folter nichts einzuwenden hätten?"

„Vielleicht. Aber ich hab bis jetzt keinen kennen gelernt. Wie bist du überhaupt auf diesen Struensee gestoßen?"

„War vor ein paar Wochen eine Frage im Kulturrätsel in der Zeitung."

„Tatsächlich?"

„Ja. Es gibt übrigens auch zwei oder drei Filme von der Geschichte. Einen mit dem O. W. Fischer in der Rolle von diesem Struensee, und einen neuen mit dem Mads Mikkelsen."

„Die müssen wir uns besorgen, unbedingt."

„Auch den mit dem O. W. Fischer?"

„Auch den."

„Und, wohin jetzt?“, fragte Gruber, als sie den gepflasterten Platz vor dem Hotel halb überquert hatten, umringt von weiteren Touristen und Leuten, die mit ihren Einkäufen nachhause eilten.

„Ich habe für später auf der anderen Seite der Elbe, in der Neustadt, in einem vietnamesischen Restaurant einen Tisch bestellt. Wir haben also noch reichlich Zeit für einen Spaziergang.“

„Und wie kommen wir da rüber?“, fragte Gruber mit Blick auf die soeben vorbeifahrende Straßenbahn. „Auch zu Fuß?“

„Natürlich.“

Sie gingen weiter, näherten sich der Semperoper. Ein imposanter Anblick, selbst für Gruber, der ansonsten für Kulturtempel nicht viel übrig hatte. Ingrid blieb stehen und deutete zum Eingang, wo sich eine Reisegruppe auf den Stufen drängelte und den Erklärungen einer Frau folgte. Sie sagte: „Für morgen Abend habe ich übrigens eine kleine Überraschung für dich.“

„Und die wäre?“

„Wir gehen in die Oper.“

6

„Ich glaub, ich hab den Kerl entdeckt“, sagte Bosch über die Schulter und warf die Wagentür zu. „Sitzt ein Stück weiter vorne in einem schwarzen BMW und hat gerade telefoniert.“

„Na prima“, sagte Janek. „Dann kann's ja nicht mehr lange dauern, oder?“

„Hoffentlich.“

Janek blickte auf seine Armbanduhr. Gleich zehn. Er begann, langsam ungehalten zu werden. Ungehalten und wütend auf Bosch, der nicht mit genaueren Angaben hatte dienen können. Immerhin lag er nun schon seit über drei Stunden in diesem verdammten Ford-Kombi auf dem Rücksitz und wartete darauf, dass sie endlich losschlagen konnten. Ihm war kalt, er hatte Kopfschmerzen, und pissen musste er auch langsam.

Um sich abzulenken, griff er nach dem 5-schüssigen Ruger-Revolver Kaliber 38 in seiner rechten Jackentasche und gab sich der beruhigenden Wirkung der Waffe hin. Bosch hatte ihm auch eine Pistole angeboten, eine 13-schüssige Beretta 9 mm, die er aber abgelehnt hatte. Falls es zum Äußersten kam, wollte er sicher sein, dass das Ding auch funktionierte, zumal bei einem Revolver keine Patronenhülsen zurückbleiben würden. Er steckte die Waffe wieder zurück in die Tasche und konzentrierte sich auf seinen Atem. Versuchte, nicht daran zu denken, was bei der Sache alles schief gehen konnte. War es nicht so, dass Unglücke erst passierten, nachdem man über sie nachgedacht hat? Sieh es einfach als ganz normalen Job an, sagte er sich. Als eine Aufgabe, die erledigt werden muss, cool und effizient. Was danach kommen könnte, war im Augenblick irrelevant.

„Weißt du eigentlich schon, wohin mit dem Zeug?“, fragte er. „Ich meine, bis du einen Abnehmer gefunden hast.“

„Weiß ich, keine Sorge“, erwiderte Bosch.

„Und wo?“

„Jetzt hör auf, mir Löcher in den Bauch zu fragen, okay?“

„Alles klar.“ Janek schob sich einen Kaugummi in den Mund, steckte das Papier sorgfältig ein und versuchte erneut, an nichts zu denken.

„Los, komm“, rief Bosch unvermutet. „Ich glaube, er ist gerade an uns vorbei gefahren.“

Bosch stieß die Autotür auf und wartete,

bis Janek sich die Maske über den Kopf gezogen und sein Käppi wieder aufgesetzt hatte. Dann lief er schon los, während Janek ins Freie stolperte, den Sitz der Maske prüfte und sich argwöhnisch umblickte. Leichter Nieselregen hatte eingesetzt, die Scheinwerfer der Autos auf der Autobahn nebenan verschwammen vor seinen Augen. Er zog sich das Käppi tiefer in die Stirn und folgte Bosch entlang einiger geparkter Autos, bis er den Wagen Kreutzers erblickte, einen hellgrauen Opel Zafira, etwa zehn Meter entfernt. Kreutzer hatte ebenfalls eingeparkt, saß aber noch im Wagen, als Bosch und Janek bei ihm angelangt waren.

„Also dann, Rock'n'Roll, Baby …", sagte Bosch.

Auch so ein blöder Spruch, dachte Janek, hielt sich aber an das Szenario, das Bosch ausgetüftelt hatte: Den Kurier zunächst ignorieren und darauf warten, dass der Abnehmer sich zeigte. Also gingen sie weiter, passierten den Opel und näherten sich dem BMW, den Bosch vorhin erwähnt hatte.

„Ist er das?", murmelte Janek.

„Genau der."

„Und warum steigt der Typ dann nicht aus?"

„Weiß ich doch nicht …"

Auf Höhe des BMW zog Bosch seine Pistole aus der Jackentasche und riss gleichzeitig die Fahrertür auf. Er richtete die Waffe auf das Gesicht des Fahrers und sagte: „Eine blöde Bewegung und du bist tot."

Janek machte kehrt und rannte zurück zum Opel, wo er exakt so vorging wie Bosch: An der Fahrertür angekommen, holte er seinen Revolver hervor und hielt die Waffe auf den Kopf des Fahrers gerichtet, während er die Tür öffnete. Er sagte: „Her mit dem Stoff oder es knallt."

Kreutzer, ein schwammig aussehender Mittfünfziger, tat nichts dergleichen. Er saß nur mit offenem Mund da und starrte auf den Revolver in Janeks Hand. Janek spannte den Hahn und sagte: „Jetzt mach schon, du Idiot."

„Was?"

„Das Kokain, her damit …"

„Im … im Kofferraum", stammelte der Mann.

Im nächsten Augenblick stand Bosch neben Janek und zischte: „Was ist los, verdammt? Wo ist das Zeug?"

„Im Kofferraum, sagt er. Was ist mit dem BMW-Typ?"

„Hab ich schlafen gelegt."

Bosch wandte sich ab und öffnete den Kofferraum. „Und wo drin, verdammt?"

„Wo drin?", wiederholte Janek zu Kreutzer.

„In dem blauen Rucksack."

Janek gab Bosch Bescheid, gleichzeitig registrierte er zwei Männer, die entlang der geparkten Autos auf sie zukamen. Beide um die vierzig und ähnlich bekleidet wie Fernfahrer, Jeans, kariertes Hemd und Lederjacke. Nur dass Fernfahrer in der Regel keine Waffe in der rechten Hand hielten. Er schwenkte seinen Revolver in Richtung der zwei, die blitzschnell hinter einem VW-Passat Deckung suchten.

„Polizei. Waffe weg und auf den Boden", rief gleich darauf eine Stimme vom Passat her.

Bosch fuhr herum, den Rucksack in der linken Hand, und blickte wild um sich. „Was zum Teufel ...?"

Bevor er weiter sprechen konnte, blitzte es über dem Dach des Passat auf. Janek warf sich zu Boden, packte den Revolver mit beiden Händen und gab, auf den rechten Ellbogen gestützt, zwei Schüsse auf den Passat ab. Rollte sich dann, verfolgt vom Krachen weiterer Schüsse, zum Heck des gegenüber geparkten

Wagens. Er zog sich an der Stoßstange hoch und blickte zu Bosch, der im selben Augenblick den Rucksack fallen ließ und die Hand mit der Pistole gegen seinen Bauch drückte.

Janek murmelte einen Fluch. Aus und vorbei. Gleich würde es von Bullen nur so wimmeln, wären seine Chancen gleich Null, egal, ob er vorher noch die Flucht ergriff oder nicht. Und wenn schon, dachte er. Wenn schon, dann wollte er im Laufen sterben. Er blickte nochmals zu Bosch, der nun reglos neben dem Opel lag, und wollte eben lossprinten, hin zur Autobahn, als ihm auffiel, dass sich ringsum nichts rührte. Niemand kam angelaufen oder machte sich sonst wie bemerkbar. Nur etwas Geschrei aus Richtung der Tankstelle, mehr nicht. Und auch hinter dem Passat blieb alles seltsam ruhig. Verwundert richtete er sich halb auf und sondierte die Lage. Konnte es sein, dass die zwei Bullen die einzigen waren, die ihnen hier aufgelauert hatten? Oder waren es vielleicht gar keine Bullen, sondern gehörten zu dem Typ im BMW? Dann allerdings …

Janek checkte blitzschnell seine Optionen. Keine Polizei hieß, dass er noch eine Chance hatte. Also, was tun? Sollte er zu Fuß flüchten?

Keine gute Idee. Auch wenn er darauf geachtet hatte, in dem Ford keine Fingerabdrücke zu hinterlassen, so war der Wagen doch garantiert voll mit DNA-auswertbaren Spuren. Und das Kokain? Vielleicht hatte er den Stoff bzw. den Erlös daraus noch bitter nötig. Also erst den Rucksack, dann das Auto. Aber vorher musste er nachsehen, was mit den beiden angeblichen Bullen war. Er warf einen letzten Blick in die Runde und schlich dann gebückt und mit vorgehaltener Waffe zwischen den geparkten Autos zu der Stelle, wo er die zwei Angreifer vermutete. Er fand sie neben der Motorhaube des Passat, mit sich selbst beschäftigt. Der eine lag am Boden und rang keuchend nach Atem, der andere kniete neben ihm und war eben dabei, mit blutigen Fingern das Hemd seines Partners aufzureißen.

Bei Janeks Anblick griff der Mann nach seiner neben sich abgelegten Pistole, doch Janek war schneller. Er schlug ihm den Revolver über den Kopf, schnappte sich die Pistole und eilte zurück zu Bosch, der unverändert dalag und kein Lebenszeichen von sich gab. Aber der blutgetränkte Pullover und die ganze Haltung sagten Janek, dass hier jede Hilfe zu spät kommen würde. Er warf einen Blick in den Opel, wo sich ihm das gleiche Bild bot: Blut und Tod. Augenscheinlich seitlich in den Kopf getroffen, lag Kreutzer quer über die Vordersitze. Janek griff sich den Rucksack und lief weiter zum Kombi. Konnte es noch immer nicht fassen, dass ihm keiner in die Quere kam. Und er war schon halb eingestiegen, als unversehens zwei echt wirkende Fernfahrer auftauchten und einer von ihnen seinen linken Arm packte. Er hielt dem Kerl den Revolver unter die Nase, warf die Wagentür zu und startete den Motor. Darauf bedacht, Bosch nicht zu überfahren, lenkte er den Wagen zur Ausfahrt und war fünf Sekunden später auf der Autobahn.

7

Wieder so ein langweiliger Samstagabend! Hauptkommissarin Ulrike Bischoff warf sich wieder auf die Couch und verfolgte lustlos weiter den TV-Krimi, den sie vor einer halben Stunde eingeschaltet hatte. Obwohl sie den Nachmittag über eine fast vierstündige Radtour unternommen hatte, fühlte sie sich ruhelos und unterfordert. Sollte sie vielleicht noch ausgehen? Doch wohin? Die paar wenigen Lokale, die dafür in Frage kamen, waren nicht unbedingt nach ihrem Geschmack, und allein machte es ohnehin keinen Spaß. Sie dachte an Gruber, der es sich in Dresden gut gehen ließ, wie sie hoffte. Aber der hatte auch seine Ingrid. Und wen hatte sie?

Sie griff nach der Fernbedienung und schaltete auf n-tv um. Mal sehen, was die Nachrichten zu bieten hatten. Und dann ab ins Bett. Der Sprecher machte ein unerwartet ernstes Gesicht und sagte, während im Hintergrund ein von Scheinwerfern beleuchteter Parkplatz ins Bild kam, dass es kurz nach einundzwanzig Uhr an der Autobahnraststätte Irschenberg zu einem Feuergefecht zwischen der Polizei und einigen Drogenhändlern gekommen sei. „Nach den bisher vorliegenden Meldungen wurden dabei drei Personen, darunter ein Polizeibeamter, getötet. Nach einem der Täter, der in einem dunklen Kombi mit Münchner Kennzeichen vom Tatort geflüchtet ist, wurde eine Großfahndung eingeleitet." Kurze Pause, dann: „Die beiden Sondierungsgespräche zwischen CDU/CSU und …"

Bischoff stellte den Ton ab, betroffen und wütend. Diese Schweine! Sie überlegte, wer der erschossene Kollege wohl sein mochte. Vielleicht sogar jemand, den sie kannte? Immerhin hatte sie fast vier Jahre in der Abteilung zur Bekämpfung der Drogenkriminalität zugebracht. Sie griff nach ihrem Handy, entschied aber anders. Auch wenn Irschenberg gut siebzig Kilometer entfernt lag, so ein Fall würde Kreise ziehen, möglicherweise sogar bis nach Traunstein. Und bevor sie hier länger untätig herumsaß und sich Sorgen machte, konnte sie vielleicht helfen. Sie streifte den Bademantel ab, zog Jeans, Pulli und Lederjacke an und steckte ihre Pistole ein. Dann lief sie in die Tiefgarage hinab und stieg in ihren Roadster. An der Inspektion angekommen, herrschte in der Einsatzzentrale bereits Hochbetrieb. Kollegen kamen und gingen, andere koordinierten per Sprechfunk die Besatzungen der Streifenwagen, die unterwegs waren.

„Was ist mit dem toten Kollegen?“, fragte sie Reichert vom KDD, nachdem sie erfahren hatte, dass die Fahndung nach dem Kombi bis jetzt nichts ergeben hatte. „Weißt du schon seinen Namen?“

„Moser. Stefan Moser …“

Bischoff erstarrte.

„Bist du sicher?“

„Ja. Wieso? Hast du ihn gekannt?“

Bischoff nickte, noch immer wie unter Schock „Ja. Wir waren mal im selben Team.“

„Dann kennst du sicher auch den anderen, Harry Reupold.“

Bischoff nickte erneut.

„Hat zwei Treffer in die Brust abbekommen, der arme Kerl …“, sagte Reichert. „Ne echte Sauerei.“

„Hat er denn keine Weste getragen?“

„Frag mich was Leichteres. Jedenfalls soll er gleich tot gewesen sein, soviel ich gehört habe.“

„Und Reupold?

„Der wurde von dem Typ, der nachher mit

dem Kombi abgehauen ist, niedergeschlagen. Soll aber nichts Ernstes sein."

„Niedergeschlagen, sagst du?", fragte Bischoff ungläubig.

„Ja."

Bischoff schüttelte verwirrt den Kopf. Wie konnte dies passiert sein? Sie hatte Reupold und Moser als zwei höchst erfahrene Kollegen in Erinnerung, die stets darauf geachtet hatten, sich nicht in eine Sackgasse zu manövrieren.

„Und die zwei anderen?", fragte sie.

„Zwei Typen aus München, haben noch an Ort und Stelle den Löffel abgegeben … Na denn, tut mir echt leid." Reichert wandte sich ab und trat zu einem Kollegen, der eben erklärte: „Der ist doch längst weg von der Straße …"

Bischoff hörte nicht weiter hin. Sie ging in ihr Büro, setzte sich an den Schreibtisch und schaltete den Computer ein. Harry und Stefan! Ausgerechnet die zwei. Sie musste unbedingt Näheres erfahren.

8

Flüchten oder standhalten, das war jetzt die Frage. Janek trat vom Fenster zurück, stieg die Treppe wieder hinab in den Flur und öffnete die Haustür einen Spalt breit. Er horchte angestrengt in die von leichten Nebelschwaden durchzogene Dunkelheit, aber nichts. Kein Geräusch weit und breit. Was natürlich wenig besagte, zumal nicht zu erwarten war, dass die Polizei mit Blaulicht und Sirene anrücken würde. Vielleicht hatten sie das Haus längst umstellt und warteten nur noch auf die optimale Gelegenheit zum Zugriff. Und er stand da wie auf dem Präsentierteller, wie Macbeth auf seiner beschissenen Burg, den Untergang vor Augen.

Dass es Schwierigkeiten geben könnte, damit hatte er gerechnet. Das war immer so. Aber ein so totales Desaster! Schön, er war der Fahndung entkommen und hatte es ohne Zwischenfälle bis hierher geschafft, aber das würde ihm wenig helfen, wenn die Polizei in Boschs Wohnung oder sonst wo Hinweise fand, die zu ihm führten. Ganz abgesehen davon, dass Bosch durchaus noch am Leben sein konnte und die Todesmeldung nur ein Trick war, um ihn in Sicherheit zu wiegen.

Aber selbst wenn Bosch so tot war, wie er ausgesehen hatte, konnten sich am Tatort noch Spuren finden, die in seine Richtung wiesen. Vielleicht war ihm etwas aus der Tasche gefallen, oder er war sonst unachtsam gewesen. Janek schüttelte den Kopf. Es war einfach zum Verrücktwerden, absolut irre. Zum Glück hatten sie nie miteinander telefoniert, so dass wenigstens von dieser Seite her keine Gefahr drohte. Aber war Bosch auch vorsichtig genug gewesen? Gab es wirklich niemanden, der vielleicht Bescheid wusste? Eine Freundin etwa? Bosch hatte immer Frauen um sich gehabt, manchmal sogar mehrere zur gleichen Zeit.

Janek öffnete die Tür ganz, trat hinaus und ging vorsichtig zur Ecke. Blickte missmutig zum Garagentor, hinter dem der Kombi versteckt war, ein weiteres Problem. Er musste den Wagen loswerden. Aber wie? Einfach irgendwo abstellen ging nicht. Also blieb nur eines: Er musste die Karre in Brand stecken. Aber wo? Auf keinen Fall in der näheren Umgebung.

Er ging zurück ins Haus, sperrte die Haustür wieder sorgfältig zu und befreite sich von seinen verschwitzten Klamotten. Er überlegte kurz, ob er duschen sollte, entschied sich aber dagegen. Niemand war wehrloser als ein nackter Mensch im Bad. Stattdessen setzte er sich frisch eingekleidet und mit einem Glas Wein an den Küchentisch und überdachte seine Möglichkeiten. Sollte er abhauen, sich in Salzburg ein Hotelzimmer nehmen und von dort aus den weiteren Gang der Ereignisse verfolgen? Dann hätte er im schlimmsten Fall schon mal einen kleinen Vorsprung, könnte weiter in Richtung Balkan flüchten, das Zeug dort verkaufen und damit seine weitere Flucht finanzieren. Aber wie weit würde er dabei schon kommen? Ein toter Polizist, da würde man nichts unversucht lassen, um ihn zu kriegen. Da hätte er keine ruhige Minute mehr, egal, wo und wie er sich verstecken würde. Von der Schande, wie ein tollwütiges Tier gejagt zu werden, ganz zu schweigen.

Er betrachtete den Rucksack mit dem Kokain vor sich auf der Tischplatte. Etwa drei Kilo, so schätzte er. Was einen Marktwert von circa einer halben Million ergab. Wohin damit? Am besten vergraben, natürlich, aber wo? Er überlegte, bis ihm eine Stelle einfiel, eine von dichtem Gebüsch umgebene Lichtung im Wald, etwa einen Kilometer entfernt. Er schenkte sich noch ein Glas ein und entschied, es darauf ankommen zu lassen. Es wie ein Gottesurteil zu nehmen. In den Knast würde er jedenfalls nicht gehen, niemals. Sollten die Bullen also wirklich aufkreuzen, würde er sich die Kugel geben, ohne langes Palaver. Würde er sich den Lauf des Revolvers in den Mund stecken und abdrücken. Simpel und effektiv.

Derart beruhigt, stand er auf, machte das Licht aus und ging nach oben in sein Schlafzimmer. Er legte sich angezogen ins Bett, den Revolver neben sich auf dem Nachttisch. Er dachte nicht an Schlaf, aber als er aufwachte, war es drei Uhr morgens und er hielt den Revolver fest umklammert in der rechten Hand. Er platzierte die Waffe erneut auf dem Nachttisch, und musste plötzlich lächeln. Wie hatte der Satz gleich gelautet, den er kürzlich in einem Zeitungsartikel gelesen hatte? Genau: Vor dem Haus stehen die Wölfe und haben Hunger. Wenig später war er wieder eingeschlafen.

9

„Was machen Sie denn hier?“, fragte Dr. Werner, die Staatsanwältin, erstaunt von der Tür her. „An so einem herrlichen Morgen müssten Sie doch längst irgendwo in den Bergen unterwegs sein, oder etwa nicht?“

„Stimmt“, erwiderte Bischoff. „Aber so herrlich ist der Morgen auch wieder nicht, wenn ich daran denke, was da gestern Abend an der Raststätte in Irschenberg passiert ist.“

„Ja, natürlich. Eine furchtbare Geschichte.“ Die Staatsanwältin trat ins Zimmer und blickte kurz an Bischoff vorbei auf den Bildschirm von Bischoffs Computer. „Und, wie ist der Stand der Dinge?“

„Bei dem einen Toten, auf dessen Konto höchstwahrscheinlich die tödlichen Schüsse auf den Kollegen Moser gehen, handelt es sich um einen gewissen Markus Bosch, geboren 1968 in Gelsenkirchen und derzeit in München in der Gastronomie tätig. Keine Vorstrafen.“

„Erstaunlich …“

„Ja. Was die sonstigen Fakten betrifft: Von dem mit dem Kombi geflüchteten Komplizen gibt es nach wie vor keine Spur, und die bislang einzige Person, die uns vermutlich weiterhelfen könnte, eine gewisse Bernadette Wagner, die mit dem Bosch liiert war, soweit die Kollegen das bisher ermittelt haben, ist ebenfalls flüchtig, so wie es aussieht. Jedenfalls war sie nicht in ihrer Wohnung und ihr Handy hat sie auch ausgeschaltet."

„Und der andere Tote?"

„Der Mann hieß Alfons Kreutzer, geboren 1955 in Memmingen. War bis 2008 als Hausmeister an einer Realschule in Dachau beschäftigt und hatte seit einigen Jahren seinen Wohnsitz in Bulgarien. Mehr hat man bis jetzt nicht herausgefunden. Was den Ablauf betrifft, so dürfte dieser Kreutzer als Kurier der Bande gedient haben und wollte in Irschenberg den Stoff an die zwei anderen übergeben. Allerdings hat man dort keine Drogen sichergestellt, also dürfte der flüchtige Komplize jetzt im Besitz davon sein."

„Gibt es denn wenigstens eine verwertbare Beschreibung des Mannes?"

„Leider nicht, da er im Gegensatz zu den beiden anderen maskiert war …"

„Hm, alles ganz schön vage …" Die Staatsanwältin lehnte sich gegen das Fensterbrett, zupfte am Kragen ihrer Kostümbluse und blickte Bischoff forschend an. „Gibt es eigentlich schon eine Erklärung dafür, wieso die Kollegen nur zu zweit im Einsatz waren, ohne jede Rückendeckung?"

„Da habe ich auch bereits nachgefragt, aber nichts Konkretes erfahren. Vielleicht waren sie zufällig dort oder haben einen Tipp erhalten und keine Zeit mehr gehabt, etwas auf die Beine zu stellen."

„Tja, dann können wir nur hoffen, dass die Kollegen bald fündig werden."

„Dazu wollte ich gerade kommen", sagte Bischoff. „Es ist nämlich so: Bevor ich 2007 hierher nach Traunstein kam, waren Moser und ich eine Zeitlang im selben Team, unter anderem auch bei der Drogenfahndung, und den Reupold kenne ich auch. Anders gesagt, wäre ich jetzt gerne in München und könnte die Soko Irschenberg verstärken. Ich meine, die brauchen jetzt jeden Beamten." Sie klopfte mit der Hand auf die Akte, die vor ihr auf dem Schreibtisch lag. „Die Missbrauchsgeschichte in Waging ist so gut wie geklärt, sonst steht im Augenblick nichts an, und Gruber kommt heute Abend von seinem Dresden-Ausflug zurück."

Die Staatsanwältin nickte. „Ich denke, da spricht nichts dagegen." Sie löste sich von der Fensterbank und ging zur Tür. „Ich erkundige mich gleich und gebe Ihnen dann Bescheid."

„Danke."

„Nichts zu danken. Aber passen Sie gut auf sich auf."

10

Kurz nach neun legte Janek den Revolver, den er bislang im Hosenbund mit sich herumgeschleppt hatte, vor sich auf den Küchentisch, trank seine fünfte Tasse Kaffee an diesem Morgen und zog ein vorläufiges Fazit seiner Situation. Bosch war definitiv tot und somit keine Gefahr mehr. Und offensichtlich hatte die Polizei bis jetzt weder in Irschenberg noch in Boschs Wohnung Hinweise entdeckt, die zu ihm führen würden. Blieb seine Freundin, diese Bernadette Wagner, deren Konterfei mittlerweile in den TV-Nachrichten und im Internet präsent war. War sie nur untergetaucht, weil sie befürchtete, für Bosch den Kopf hinhalten zu müssen? Oder hatte sie das Weite gesucht, weil sie irgendwie in die Sache verwickelt war und demzufolge vielleicht auch wusste, wen Bosch für den Coup angeheuert hatte? Würde sie also, einmal gefasst und unter Druck gesetzt, dichthalten?

Warum eigentlich nicht, dachte Janek. Die Frau war bei dem Überfall nicht dabei gewesen, und dass sie davon gewusst hatte, müsste man ihr erst mal nachweisen. Sie hätte also gute Karten. Aber wieso war sie dann geflüchtet? Aus Angst vor den Leuten, die sie ausgenommen hatten, diesen Bulgaren und dem Kerl in dem BMW?

Es war zum Verrücktwerden! Janek erhob sich und ging ins Badezimmer. Er hatte entgegen aller Erwartung zwar kurz, aber relativ gut geschlafen und fand nun, dass er sich langsam wieder normal verhalten könnte. Er duschte ausgiebig, zog frische Unterwäsche an und putzte sich noch die Zähne, ehe er wieder zur Haustür ging und durch das Guckloch hinausspähte. Und erstarrte. Auf der Straße, die vom Dorf unten am Chiemsee zu seinem Haus heraufführte und hier endete, stand ein blauer Kleinwagen, etwa fünfzig, sechzig Meter entfernt. Er kniff die Augen zusammen, konnte jedoch nicht erkennen, ob jemand am Steuer saß. Panik erfasste ihn. Nur ein Ablenkungsmanöver, während die Bullen schon von hinten ins Haus eindrangen? Er rannte zurück ins Badezimmer, griff nach dem Revolver und stieß die Holztür auf, die vom Flur in den ehemaligen Stalltrakt führte. Ein paar Sekunden später stand er an der Hintertür, öffnete sie einen Spalt breit und taxierte den Waldrand hinter dem Haus. Konnte aber nichts feststellen, was ihn beunruhigt hätte. Keine Bewegung zwischen den Bäumen, keine ungewöhnlichen Geräusche. Er atmete einmal tief durch, verriegelte die Tür wieder und ging zurück. Im Flur steckte er sich den Revolver am Rücken in den Hosenbund, zog eine Jacke über und trat vors Haus.

Der Wagen stand noch da.

Janek zögerte. Wer immer das war, wollte etwas von ihm. Hatte er oder sie Angst, ihm gegenüberzutreten? Oder wollte man ihn nur aus dem Haus locken? Er wartete ein paar Sekunden, doch nichts. Keine Reaktion. Also gut, dachte er, dann eben nicht. Er trat zurück und hatte die Türklinke schon in der Hand, als er aus dem Augenwinkel sah, wie die Fahrertür des Wagens geöffnet und eine schmale, mittelgroße Gestalt sichtbar wurde. Augenscheinlich eine Frau, die eine Tasche oder einen Beutel in der linken Hand hielt.

Janek beschlich eine düstere Ahnung. So ein gottverdammter Vollidiot, dachte er. Bosch, der Profi! Redet von blöden Typen, die nichts für sich behalten können, und was macht er selbst? Erzählt seiner Freundin nicht nur von seinem Coup, sondern auch noch, wen er sich als Komplizen angelacht hat!

Die Frau winkte ihm kurz zu, blieb aber am Wagen stehen. Janek stieß einen Seufzer aus und setzte sich in Bewegung. Verhielt es sich so, wie er dachte, würde er schon irgendwie klarkommen mit ihr. Immerhin war sie so schlau gewesen, ihn nicht anzurufen oder per E-Mail zu kontaktieren. Also würde sie vielleicht auch weiterhin vernünftig sein. Er war noch fünf, sechs Meter entfernt von ihr, als sie eine kleine Pistole zückte und über die Fahrertür hinweg auf ihn anlegte.

„Stehen bleiben. Keinen Schritt näher …"

Janek blieb stehen und musterte die Frau. Er fand sie weniger attraktiv, als ihr Foto nahe gelegt hatte, und die Waffe in ihrer Hand machte sie nicht hübscher. Eine eher knochige, mittelgroße Frau mit verkniffenen Gesichtszügen und bemüht hartem Blick, die versuchte, einschüchternd zu wirken.

„Wer Sie sind, weiß ich", sagte Janek. „Aber was wollen Sie hier?"

„Ich will den Stoff, was sonst?"

„Tolle Idee. Sonst noch was?"

„Er ist tot. Wahrscheinlich durch deine

Schuld. Und wenn du nicht willst, dass ich zur Polizei gehe, dann gib mir das Zeug."

„Und wie weit, glauben Sie, würden Sie damit kommen?"

„Das lass mal meine Sorge sein, okay?"

„Schön wär's." Janek blickte sich prüfend um. Sie befanden sich mitten in der Landschaft, noch allein, aber jeden Augenblick konnten vom Dorf herauf Radfahrer oder Spaziergänger auftauchen, die gerne von hier oben die Aussicht genossen, ehe sie dem Feldweg folgten, der hinter dem Haus in die Moorwälder nördlich des Sees führte. Er sagte: „Jetzt stecken Sie erstmal das Ding weg, schaffen Ihren Wagen weg von der Straße und wir bereden dann in aller Ruhe, wie Sie und ich aus diesem Scheiß wieder rausfinden."

„Das könnte dir so passen!"

„Was?"

„Dass ich mit dir mitkomme …"

„Was wollen Sie dann? Hier Wurzeln schlagen, bis die Bullen Sie vergessen haben?"

Die Frau sagte nichts.

„Hören Sie, ich hab nicht vor, das Zeug für mich zu behalten, ganz im Gegenteil. Aber im Augenblick ist es bei mir tausendmal besser aufgehoben als bei Ihnen, das müsste Ihnen doch klar sein. Ich frage mich sowieso, wie Sie es überhaupt geschafft haben, hierher zu kommen. Aber jetzt seien Sie endlich vernünftig und laufen nicht länger davon, sondern nehmen sich sofort einen Anwalt und gehen mit ihm zur Polizei. Sagen Sie ihnen, dass Sie keine Ahnung hatten, was Bosch so getrieben hat. Dass Sie nur abgehauen sind, weil Sie Panik bekommen haben." Er machte eine Pause, erschöpft von der Anstrengung, für sie beide denken zu müssen. Wie hatte Dürrenmatt mal gesagt: Eine Geschichte ist erst zu Ende, wenn sie die schlimmstmögliche Wendung genommen hat. Sah ganz danach aus, als sollte er Recht behalten. Er sagte: „Kann sein, dass man Sie vorübergehend in Untersuchungshaft steckt, aber letztendlich werden die Sie laufen lassen müssen."

„Und diese Bulgaren? Meinst du, die haben mich bis dahin vergessen?"

„Das vielleicht nicht, aber dann hast du wenigstens die Bullen nicht mehr im Nacken und kannst dich frei bewegen. Und dann können wir auch überlegen, wie wir das Zeug zu Geld machen."

„Wenn es dann noch da ist."

„Du hast mich doch in der Hand, oder etwa nicht? Und ich hab ein bisschen mehr zu verlieren als du, würde ich sagen."

Die Frau senkte ihre Hand mit der Waffe und blickte Janek sichtlich ratlos an. Sie wirkte plötzlich klein und verloren. Janek empfand kein Mitleid mit ihr, gab sich aber besorgt.

„Wir müssen da jetzt durch", sagte er. „Aber wenn wir keine Fehler machen, schaffen wir das auch. Und wie gesagt: Ich will nichts an dem Zeug verdienen, keinen Cent. Aber jetzt damit losziehen wäre reiner Selbstmord."

„Wieso waren da plötzlich die Bullen?"

Janek zuckte mit den Schultern. „Vielleicht war eure Planung doch nicht so perfekt, wie ihr gemeint habt. Ich schätze mal, sie haben diesen Kreutzer beschattet. Oder vielleicht war der Mann sogar ein Undercover-Agent und die zwei Polizisten waren seine Rückendeckung. Möglich ist alles."

„Das bestimmt nicht."

„Nein? Woher willst du das denn so genau wissen?"

„Ist doch egal, woher. Ich weiß es eben."

„Im Augenblick ist nichts egal. Also, woher?"

Die Frau zögerte kurz. „Ich hab mit ihm geschlafen!“, erwiderte sie dann. „Zufrieden nun?“

Da lag der Hund also begraben! Janek hätte beinahe laut gelacht. So war Bosch also auf die Idee für den Coup gekommen. Nur dass er nicht geahnt hatte, dass der Kurier längst im Visier der Bullen war. Einfach brillant. „Und dabei hast du von seinem Job als Kurier erfahren?“, vergewisserte er sich.

„Ja.“ Die Frau verzog abschätzig das Gesicht. „Im Bett hält keiner den Mund. Der blöde Hund hat gemeint, er kann mich damit beeindrucken, wenn er mir erzählt, was er so treibt. Wollte mich sogar dazu überreden, mit ihm nach Bulgarien zu kommen und dort was aufzumachen.“

Bevor Janek antworten konnte, erklangen aus dem Waldstück unter ihnen Stimmen. Janek trat ein paar Schritte zur Seite, um bessere Sicht zu haben und spähte die Straße hinab. Noch war niemand zu sehen. Er rief über die Schulter: „Ich würde vorschlagen, du fährst jetzt los, bevor man dich hier in der Gegend erwischt und die Bullen sich fragen, was du ausgerechnet hier wolltest, okay?“

Die Frau zögerte kurz, bevor sie mit einem matten „Ja“ antwortete.

Janek blieb neben der Straße stehen und sah zu, wie die Frau in den Wagen stieg, den Motor startete und wendete. Bei ihm angekommen, stoppte sie kurz, warf ihm einen letzten forschenden Blick zu und fuhr weiter. Janek blickte dem Wagen nach, bis er im Wald verschwunden war. Wenn das mal gut geht, dachte er. Nun hatte er nicht nur den verdammten Kombi am Hals, sondern auch noch eine Frau, von der er nichts weiter wusste, als dass sie ihm gefährlich werden konnte.

11

„Da wären wir schon“, sagte der ältere, leicht gehbehinderte Mann zu Bischoff und deutete auf die nächste Tür rechts von ihnen. „Gehen Sie einfach rein …“

Bischoff bedankte sich und klopfte an die Tür. Keine Reaktion. Sie klopfte nochmals und öffnete die Tür. Vor ihr lag eine Art Großraumbüro, aber ohne Trennwände: ein halbes Dutzend Schreibtische mit Computern und Telefonapparaten, an der Wand rechts von der Tür ein Holzregal, in dem mehrere verschieden große Kartons abgestellt waren. Bischoff blickte sich verwundert um. Das sollte die Zentrale der Soko Irschenberg sein? Sie hatte hektisch arbeitende Kollegen erwartet, aber der Raum war leer bis auf einen unrasierten, etwa gleichaltrigen Mann, der hemdsärmlig, aber mit einer Schiebermütze auf dem Kopf am hintersten Schreibtisch saß und in einem Aktenordner blätterte.

„Wen haben wir denn da?“, sagte der Mann, stand auf und kam ihr ein paar Schritte entgegen. Erst jetzt erkannte Bischoff ihr Gegenüber: Es war Harry Reupold. Aber es war nicht mehr der Harry, den sie von früher her kannte, launig, selbstsicher und mit forschem Gehabe. Dieser Mann hier wirkte abgekämpft, müde und verbittert.

„Hallo Harry …", sagte Bischoff.

„Schön, dich zu sehen, Ulrike", sagte Reupold mit leiser Stimme.

Sie umarmten sich flüchtig.

„Ich hab nicht erwartet, dass du auch hier bist", sagte Bischoff.

„Was soll ich denn sonst machen? Spazieren gehen, den Sonntag genießen?"

„Ja, sicher. Entschuldige …"

Reupold rieb sich kurz das Gesicht und bedeutete Bischoff dann mit einer Kopfbewegung, ihm zu seinem Schreibtisch zu folgen. Bischoff zog sich einen Stuhl heran und setzte sich seitlich an den Tisch.

„Wie konnte das passieren, Harry?"

„Frag mich nicht. Die haben uns gesehen und sofort geschossen. Wir hatten keine Chance."

„War Stefan … War er gleich tot?"

Reupold zuckte mit den Schultern. „Ich weiß nicht. Ich hab nicht auf die Uhr gesehen …" Er verzog das Gesicht und starrte sekundenlang ins Leere.

Bischoff wartete, sagte nichts.

„Scheiße, verdammt“, sagte Reupold. „Ich dachte immer, wenn's mal einen erwischt, dann mich, aber Stefan … Nur gut, dass er keine Familie hatte.“

„Auch keine Freundin?“

„Doch. Aber die ist im Augenblick verreist.“

„Und du, wie geht es dir?“, fragte Bischoff nach einer weiteren Pause. „Hast du schon mit jemandem darüber gesprochen? Ich meine, mit einem Psychologen?“

„Nein, aber vorhin war unser Seelsorger hier …“

„Und?“

„Ich hab ihn rausgeworfen, was sonst.“

„Und sonst?“, fragte Bischoff. „Haben dich die Internen schon durch die Mangel gedreht?“

„Haben sie. Aber erstmal ganz dezent. Ob ich denn nicht bemerkt hätte, dass der Fahrer von dem Opel, also dieser Alfons Kreutzer, unbewaffnet war. Als ob man in so einer Situation darauf achten würde …“

„Und jetzt?“

„Na ja, ich bin natürlich bis auf Weiteres beurlaubt, darf aber Innendienst schieben, wie du siehst.“

„Und, seid ihr schon weiter gekommen?"

Reupold schüttelte den Kopf. „Nicht so besonders. Es sei denn, du hast Neuigkeiten?"

„Das nicht gerade, aber ich möchte bei euch mitarbeiten. Ist schon alles geklärt, aber scheinbar noch nicht zu dir durchgedrungen."

„Und was sagt dein viel geschätzter Kollege Gruber dazu?"

„Der kommt auch mal ohne mich zurecht, denke ich."

Sie blickten sich eine Weile stumm in die Augen. „Du siehst gut aus", sagte Reupold schließlich. „Wirklich schade, dass aus uns beiden nichts geworden ist."

„Das hat nicht nur an mir gelegen, würde ich sagen."

„Wie lange ist das jetzt her, acht, neun Jahre?"

Bischoff nickte nur, sekundenlang von schmerzlichen Erinnerungen geplagt. Hatte sie wirklich geglaubt, sie könnte mit Reupold glücklich werden? Einem Kollegen, der mit knapp dreißig bereits zweimal geschieden war und der einmal erklärt hatte, er lasse sich weder von Gott, einem Dealer oder einer Frau etwas vorschreiben. Ganz schön naiv, dachte sie.

„Sag mal, wieso seid ihr eigentlich nur zu zweit da hin?", fragte sie.

„Leicht zu erklären: Ich hab einen Anruf erhalten, anonym natürlich, wahrscheinlich von der Konkurrenz. Der Typ hat nur gesagt, wir sollen nach einem Mann in einem Opel Zafira mit Dachauer Kennzeichen Ausschau halten, mehr nicht. Also sind erstmal nur Moser und ich los. Wenn wir natürlich geahnt hätten, was für ein dickes Ding da über die Bühne geht ..." Er machte eine resignierte Handbewegung.

Bischoff blickte sich suchend um. „Wo sind eigentlich die anderen?"

„Unterwegs, Kontakte überprüfen und Bekannte von diesem Bosch aufsuchen. Bosch war Miteigentümer von einem Restaurant in Haidhausen, hat sich ums laufende Geschäft aber nicht gekümmert, soviel wir bis jetzt erfahren haben. Aber zumindest wissen wir schon, wie der Kontakt zwischen Bosch und diesem Kreutzer möglicherweise zustande kam."

„Und wie?"

„Über seine Freundin, diese Bernadette Wagner. Die Dame ist uns nämlich nicht ganz unbekannt, hat vor ein paar Jahren versucht, einen Freier zu erpressen. Und so, wie es aussieht, war

Kreutzer ein Kunde von ihr. Jedenfalls haben wir ihre Handynummer bei ihm gefunden."

„Verstehe ich nicht. Kreutzer wohnte doch irgendwo in Bulgarien, wo er solche Leistungen doch viel billiger hätte haben können, oder etwa nicht?"

„Schon möglich ..."

„Also steckt die Frau mit drin?"

„Könnte man daraus folgern, ja."

„Und der andere, der mit dem Kombi weg ist?"

Reupold schüttelte den Kopf. „Nichts. Der Dreckskerl ist wie vom Erdboden verschluckt."

Bischoff deutete auf die Sachen, die verstreut auf Reupolds Schreibtisch herumlagen. Ein paar Auto-Zeitschriften, ein Restaurantführer für München, zwei Aktenordner und ein gerahmtes Foto, das Bosch zusammen mit einer jungen, dunkelhaarigen und, wie Bischoff fand, sehr attraktiven Frau zeigte. „Sind das Sachen aus seiner Wohnung?"

„Genau. Und viel mehr war auch nicht vorhanden. Bis auf seine Klamotten natürlich."

Bischoff nahm das Foto in die Hand. „Ist das seine Freundin, diese Bernadette Wagner?", fragte sie.

„Nein. Vielleicht eine ehemalige Freundin. Lag in einer Schublade …"

Reupold zog ein weiteres Foto unter den Zeitschriften hervor und schob es Bischoff hin. Auf dem Bild war Bosch zusammen mit einem etwa siebzigjährigen Mann mit schulterlangen, schneeweißen Haaren zu sehen, augenscheinlich aufgenommen in einem Garten südlichen Gefildes. Beide hielten ein Glas in der Hand, vermutlich nicht mit Wasser gefüllt, und wirkten recht vergnügt.

„Kennst du den Typ?"

„Nie gesehen …"

„Bodo Rafael", erklärte Reupold. „Möchte bloß wissen, was er mit dem zu schaffen hatte?"

„Sagt mir nichts."

„Ein Schlagersänger, der in den Siebzigern mal groß im Geschäft war und heute auf einer Finca auf Mallorca lebt."

„Vielleicht auch was mit Drogen?"

„Könnte sein. Kannst du dich noch an den Manager von dieser verblödeten Volksmusikgruppe erinnern, den wir damals monatelang beschattet haben? Satte zwei Kilo, der Fang des Jahres."

„Ja, klar."

Reupold nahm das Foto wieder an sich und betrachtete es mit gerunzelter Stirn. „Aber den Schlagerfuzzi einfach anzurufen und danach zu fragen, dürfte vermutlich nicht viel bringen."

„Dann muss eben einer runterfliegen zu ihm. Ein Flugticket und die Kosten für einen Mietwagen sollten in so einem Fall doch drin sein." Bischoff lächelte. „Ich kann übrigens Spanisch."

„Wer braucht auf Mallorca denn Spanischkenntnisse?"

„Kommt darauf an, mit wem du sprechen willst. Im Umgang mit der örtlichen Polizei würde es jedenfalls helfen. Und die bräuchten wir vielleicht …"

Reupold musterte Bischoff mit abwägendem Blick.

12

Geschafft! Aber ganz schön windig hier oben. Gruber knöpfte seine Jacke zu, trat vor und beugte sich vorsichtig über die Brüstung. Beim Blick nach unten wurde ihm leicht schwindlig, und so schaute er schnell nach rechts auf die Elbe und die dahinter liegenden Stadtteile. Nicht schlecht, dachte er, plötzlich leicht beschämt über sein Zögern, den Aufstieg anzupacken. Zum Glück hatte Ingrid so lange auf ihn eingeredet, bis er sich getraut hatte. Und siehe da, es war ein Kinderspiel gewesen, und die Aussicht hier oben, vom Turm der Frauenkirche, war wirklich phänomenal. Nur der scharfe Wind, der durch das Elbtal blies, brachte ihn fast zum Frösteln.

„Toll, nicht?", fragte Ingrid, die sich bei ihm eingehakt hatte.

„Allerdings."

„Soll ich dir was verraten?"

„Nur zu …"

„Klingt vielleicht blöd, aber ich hab mich in die Stadt verliebt."

„So schnell?"

„War damals in Amerika genauso. Und da

wusste ich nicht mal, auf was ich mich einlasse. Nur dass Steven nach New Mexico wollte, um dort irgendwo in der Wüste zu malen. Und was ist passiert? Kaum, dass ich in Albuquerque aus dem Flugzeug gestiegen war, wusste ich, hier möchte ich bleiben, das ist mein neues Zuhause. Und geblieben bin ich dann ja auch, über zwanzig Jahre."

„Hm, und was heißt das jetzt?"

„Dass ich mir sehr gut vorstellen könnte, hier zu leben."

„Auf meine alten Tage in eine Großstadt ziehen, also ich weiß nicht."

„Laut Statistik haben wir noch gut fünfzehn Jahre vor uns", erwiderte Ingrid, während sie ihren Fotoapparat aus der Tasche zog und anfing, nach Motiven zu suchen. „Willst du die wirklich in Traunstein verbringen?"

„Nicht unbedingt, aber ..."

„Ich meine, wenn nicht jetzt, wann dann?"

„Und dein Geschäft?"

„Das kann ich auch hier weiterführen. Wahrscheinlich sogar besser, bei den Scharen von Touristen, die jedes Jahr hierher kommen. Du hast doch selbst gesehen, was hier los ist."

Gruber blickte erneut in die Runde, auf die

prächtige Altstadt mit ihren vielen Kuppeln und Türmen, auf die Elbe und die dahinter liegende Neustadt, die als Dresdens Künstlerviertel galt, wie ihm Ingrid bei ihrem Rundgang dort erzählt hatte. Es hatte ihm alles gefallen, durchaus. Die bunten Fassaden und die vielen kleinen Läden, die unzähligen Radfahrer, die geschickt um die Fußgänger herumkurvten, ohne je die Klingel zu betätigen, sogar der zuhause so verspottete sächsische Dialekt war ihm kaum aufgefallen. Nein, Dresden war eine angenehm lebendige, aber noch überschaubare Großstadt mit viel Geschichte und herrlich gelegen dazu. Aber deswegen gleich hierher ziehen!

„Noch bin ich nicht pensioniert“, sagte er nach einer Pause ausweichend.

„Das wäre aber kein Problem, oder?“, antwortete Ingrid zwischen zwei Aufnahmen. „Ich meine, was du in den letzten Jahren alles so durchgemacht hast, da müssten sie dich doch jederzeit gehen lassen.“

„Ja, könnte schon sein.“

„Na also. Und du würdest sehen, wie gut uns beiden das tun würde.“

Wie bitte? Gruber blickte seine Frau irritiert an. Das hörte sich glatt an, als wäre Ingrid schon länger unzufrieden. Und das nicht nur wegen Traunstein, sondern vielleicht auch wegen ihm. Und das gefiel ihm überhaupt nicht. Stand hier eine Krise ins Haus, von der er bislang nichts geahnt hatte? Wollte sie durch eine Ortsveränderung etwa ihre Ehe retten? Er betrachtete seine Frau weiter von der Seite, erschreckt von dem Gedanken, dass er sie verlieren könnte.

„Dann machen wir doch erstmal Urlaub hier“, schlug er vor. „Vielleicht nächstes Frühjahr. Und dann sehen wir weiter.“

Ingrid packte ihren Fotoapparat wieder ein und bedachte Gruber mit einem skeptischen Blick. „Begeistert klingt das aber nicht gerade …“

Gruber zuckte unschlüssig mit den Schultern. Er wollte Ingrid glücklich sehen, keine Frage, und Traunstein war nicht die Welt. Aber seinen Beruf aufgeben, solange er noch fit genug war? Das schmeckte ihm gar nicht.

13

Bischoff war noch im Bad, als ihr Handy klingelte. Es war Reupold.

„Fliegen wir nicht?“, fragte sie, bevor Reupold zu Wort kam.

„Doch, doch. Aber es gibt Neuigkeiten, und leider nicht die besten …“

„Und? Jetzt red schon.“

„Heute Morgen hat irgendein Frühaufsteher in einem Waldstück östlich von Rosenheim einen ausgebrannten Kombi entdeckt. Die Kollegen sind schon vor Ort, aber ich glaube nicht, dass sie groß fündig werden. Der Kerl scheint ein Profi zu sein.“

„Und hat niemand etwas beobachtet?“

„Kann schon sein, die Kollegen sind noch dabei, die Gegend abzuklappern. Aber ich schätze mal, das können wir abhaken, bei dem Nebel letzte Nacht. Aber egal, jedenfalls wissen wir jetzt, dass der Mann noch im Lande ist. Und dann kriegen wir ihn auch.“

„Und diese Bernadette Wagner, immer noch nichts?“

„Leider. Möchte wirklich wissen, wohin sich dieses Miststück verdrückt hat.“

„Wieso Miststück? Vielleicht hat sie einfach nur Angst und ist deswegen weg."

„Wer Angst hat, hat auch meistens was zu verbergen … Und, bist du schon unterwegs?"

„Nein, aber so gut wie."

„Okay, wir treffen uns dann am Ticketschalter."

Bischoff steckte ihr Handy ein, zog sich fertig an, nahm ihre Tasche und lief in die Tiefgarage hinab. Knapp drei Stunden später saß sie neben Reupold im Flugzeug, erschöpft und aufgekratzt zugleich.

„Übrigens, ich habe mich gestern noch ein bisschen schlau gemacht, was diesen Rafael angeht", sagte Reupold, sowie er den Sicherheitsgurt angelegt hatte. „Und siehe an, der hatte in den neunziger Jahren tatsächlich ein paar Mal Ärger mit den spanischen Behörden. Unter anderem auch wegen Besitzes von Drogen. Hat es aber jedes Mal geschafft, mit einem blauen Auge davonzukommen."

„Hat man dich deswegen mitfliegen lassen? Weil man Angst hat, ich könnte nicht mit ihm fertig werden?"

„Das nicht gerade."

„Sondern?"

„Ich glaube eher, sie wollten mich für einen Tag loswerden. Heute schon die Zeitung gelesen?“

„Nein. Welche denn?“

Reupold nannte ihr den Namen.

„Und?“

„In dem Drecksblatt steht, wir hätten möglicherweise voreilig gehandelt. Zwei tote Drogendealer, von denen aber keiner vorbestraft war, kein Fund irgendwelcher Drogen, keine Zeugen, die unsere Angaben bestätigen könnten, blah, blah, blah. Wenn's nicht so makaber klingen würde, würde ich fast sagen, Gott sei dank, hat's den Moser erwischt dabei, sonst würden sie am Ende noch behaupten, wir hätten uns geirrt und zwei Unschuldige erschossen.“

Bischoff nickte nur, obwohl auch sie ihre Zweifel hatte, ob auf diesem Parkplatz alles so abgelaufen war, wie Reupold es geschildert hatte. Vor allem der Umstand, dass Reupold und Moser alleine dort waren, nagte weiter an ihr.

„Ich nehme an, du warst schon mal auf Mallorca, oder?“, fragte Reupold nach einer Weile.

„Ja, in den letzten Jahren sogar ziemlich oft. Im Frühjahr ist's da ideal zum Radfahren.“

„Klar, war ja schon immer dein großes Hobby, oder? Hast du dich deswegen in dieses Provinzkaff versetzen lassen?“

„Ja. Auch …“

„Wie lange bist du jetzt eigentlich schon in Traunstein?“

„Sechs Jahre und ein paar Monate …“ Bischoff blickte zum Fenster hinaus und versank in Gedanken. Beruflich war ihre Versetzung ein Aufstieg gewesen, keine Frage. Die Zusammenarbeit mit Gruber klappte meistens hervorragend, sie hatten etliche schwierige Fälle gelöst, sie würde auch weiterhin ihren Weg machen. Privat hatte sich dagegen kaum etwas ergeben. Ein paar kurze Affären, mehr nicht. Mit knapp vierzig kein gerade berauschendes Ergebnis.

„Ist was?“, fragte Reupold.

„Nein, nein. Ist nur seltsam, jetzt wieder mit dir unterwegs zu sein, nach den vielen Jahren mit Gruber.“

„Dieser Gruber soll ja ein richtiger Draufgänger sein, was ich so mitbekommen hab. Dabei ist er doch schon über sechzig, oder?“

„Das schon, aber das …“

„Warst du mit ihm im Bett?“, unterbrach Reupold sie.

„Nein, wo denkst du hin? Außerdem ist er glücklich verheiratet."

„Das gibt es, in seinem Alter?"

„Er hat vor ein paar Jahren eine Jugendliebe wieder getroffen, eine tolle Frau, und seitdem …" Bischoff lächelte leicht wehmütig. „Manche haben eben mehr Glück als andere."

14

Janek schreckte auf. Was hatte ihn geweckt? Er schleuderte entnervt die Wolldecke von sich und sprang auf. Sofort wurde ihm schwarz vor den Augen, sein Puls raste. Er ließ sich wieder auf die Couch fallen und atmete ein paar Mal tief durch. Hörte aus weiter Ferne ein Klopfen an der Fensterscheibe und eine Stimme, die nach ihm rief. Es dauerte ein paar Sekunden, bis er wieder klar sehen konnte, er ein Gesicht, umrahmt von blondem Haar, vor dem Fenster ausmachen konnte.

Julia!

Herrgott, die hatte er ganz vergessen.

Er warf einen Blick auf seine Armbanduhr. Gleich zwölf. Na gut, dann hatte er immerhin fast fünf Stunden geschlafen und würde das Programm, das ihn erwartete, schon halbwegs hinkriegen. Er stieß einen Seufzer aus, erhob sich erneut und ging, noch etwas unsicher auf den Beinen, zur Haustür. Julia, einen Korb in der rechten Hand, blickte ihn halb forschend, halb liebevoll an.

„Sag bloß, du hast vergessen, dass ich heute komme …“, sagte sie mit einem Lächeln.

„Nein, nein“, wehrte Janek ab. „Ich war bloß ziemlich lange auf und wollte jetzt noch ein bisschen Schlaf nachholen.“

Die Frau stellte ihren Korb auf der Hausbank ab und schlang ihre Arme um seine Taille. Sie umarmten und küssten sich. Janek drückte die Frau fest an sich, trotz seines derangierten Zustands froh über ihre Anwesenheit, über die Wärme und Zuneigung, die sie ausstrahlte. Zum Glück hatte er nach seiner nächtlichen Expedition geduscht und sich umgezogen, so dass er nicht nach Rauch oder Benzin stank. Das hätte ihm gerade noch gefehlt, dass die Frau Verdacht schöpfte.

„Ich hab dir was zum Kaffee und die Zeitung mitgebracht“, sagte Julia und stellte ihren Korb auf dem Küchentisch ab.

„Wunderbar …“

Janek nahm die Chiemgau-Zeitung aus dem Korb und überflog die Titelseite. Die Schlagzeile lautete: 3 Tote bei Schießerei zwischen Polizei und Drogengangstern.

„Ganz schön heavy, was?“, sagte Julia.

„Allerdings.“

Janek setzte sich an den Tisch und las weiter. Es war nichts dabei, was er nicht schon aus den Nachrichten erfahren hätte. Von Bosch hieß es, er sei ein Münchner Gastronom mit Verbindungen zur Drogenszene gewesen, von Kreutzer wurde berichtet, er habe als Frührentner in einem Ort am Schwarzen Meer gewohnt und vermutlich als Kurier für Bosch und seinen flüchtigen Komplizen gedient. Dazu war ein Foto von Bernadette Wagner abgedruckt, mit dem Hinweis, dass die Frau dringend als Zeugin gesucht werde. Ein weiteres Bild zeigte Stefan Moser, den von Bosch erschossenen Polizeibeamten, über den geschrieben stand, dass er nach achtzehn Jahren vorbildlicher Pflichterfüllung der Kugel eines feigen Mörders zum Opfer gefallen sei.

„Willst du jetzt Zeitung lesen oder dich mit mir unterhalten?", fragte Julia.

„Oh entschuldige …"

Janek erhob sich und nahm die Frau wieder in den Arm. Sein Magen knurrte vernehmlich.

„Ich glaube, du solltest vorher noch etwas essen", sagte Julia. „Sonst klappst du mir noch zusammen."

„Vielleicht keine schlechte Idee", erwiderte Janek, der unvermutet einen Riesenhunger verspürte. „Auf was hättest du denn Lust?"

„Was hättest du denn anzubieten?"

„Rühreier, Spiegeleier oder gekochte Eier. Dazu Schinken und ..."

Die Frau winkte ab. „Eher nicht. Aber mach du mal. Ich geh inzwischen ins Bad."

Janek holte die Zutaten für sein zweites Frühstück aus dem Kühlschrank, blickte dabei wieder auf das Foto der Frau. Blödes Weib! Wieso zum Teufel hatte sie sich nicht längst bei der Polizei gemeldet? Hatte sie doch mehr zu verbergen, als er dachte? Schöner Mist, vor allem jetzt, wo er den Kombi losgeworden war. Und alles genauso abgelaufen war, wie er es geplant hatte, auch wenn er sich infolge des dichten Nebels ein paar Mal verfahren hatte, bis er die anvisierte Stelle erreicht hatte. Aber der Nebel war auch sein Glück gewesen. So konnte er die Kiste unbemerkt abfackeln und ebenso unbemerkt den fast zwanzig Kilometer langen Heimweg hinter sich bringen. Sechs Stunden Nachtmarsch abseits der Straßen und möglichst fern von jeder Behausung, quer durch Wälder und über Wiesen. Eine Leistung, mit der er bei jeder Eliteeinheit hätte punkten können.

Was aber alles für die Katz war, wenn dieses blöde Weib nicht endlich mitspielte!

„Und, wie gefällt dir das Buch?“, fragte Julia von der Tür her, während er die Eier aufschlug und in die Pfanne warf.

„Na ja, offen gesagt, hab ich schon interessantere Geschichten gelesen“, erwiderte Janek. „Was meint denn der Herr Redakteur dazu?“

„Der ist ganz begeistert.“

„Wenigstens einer …“

„Sag mal, seit wann rauchst du denn wieder?“

„Schon länger. Ich hab’s dich nur nicht merken lassen …“

„So, so? Sonst noch Geheimnisse?“

Janek lächelte verhalten. „Jede Menge. Aber wenn ich sie dir verraten würde, dann …“

„Ja, ja“, ergänzte Julia. „Dann müsstest du mich umbringen, den Spruch kenne ich.“

Eine halbe Stunde später lagen sie im Bett und hatten ihren Spaß, und Janek vergaß für kurze Zeit den ganzen Schlamassel, in dem er steckte.

15

Bischoff übernahm den Papierkram für den Mietwagen, während Reupold vor dem Parkhaus auf und ab lief und eine Zigarette rauchte. Zehn Minuten später waren sie auf dem Weg in den Westen der Insel, wo Rafael in der Nähe von Calvia sein Anwesen hatte, eine hübsch gelegene Finca mit Pool und großem Garten, wie Bischoff seiner Homepage entnommen hatte.

„Vielleicht hätten wir die spanischen Kollegen doch hinzuziehen sollen“, merkte sie nach einer Weile an. „Was ist, wenn er sich weigert, mit uns zu reden?“

„Der wird schon reden“, erwiderte Reupold leichthin.

„Vielleicht. Vielleicht aber auch nicht. Immerhin ist er prominent genug, dass er bestimmt weiß, bei wem er sich beschweren kann, wenn ihm was nicht passen sollte.“

„Nicht, wenn er Dreck am Stecken hat.“

„Oder gerade dann …“

„Jetzt mach dir mal nicht so viele Sorgen, okay? Sein ehemaliger Agent hat mir bestätigt, dass er noch dort wohnt und auch zuhause ist, also bleib cool.“

„Wie du meinst.“ Bischoff konzentrierte sich wieder aufs Fahren, ohne Blick für die reizvolle Berglandschaft ringsum. Dirigiert von Reupold, erreichten sie kurz vor elf Uhr die Abzweigung, die laut der Beschilderung auf einer verwitterten Holztafel zu Rafaels Finca führte. Bischoff bog ab und folgte dem kurvenreichen, grob gekiesten Feldweg, der zunächst steil bergan verlief und nach etwa einem Kilometer zu einer kleinen Hochebene führte, wo er auf dem ebenfalls gekiesten Parkplatz der Finca endete.

„Scheint ja mächtig was los zu sein bei dem Schlagerfuzzi“, rief Reupold beim Anblick der fünf Autos aus, die bereits verstreut auf dem Platz geparkt waren: drei Kleinwagen, ein Lieferwagen und ein Landrover. Die Hintertüren des Lieferwagens standen offen.

Bischoff parkte ihren Fiat Panda neben dem Landrover, stellte den Motor ab und blickte zu den beiden jungen Männern, die eben schwerbeladen aus dem Haus traten. Der eine schleppte eine Holztruhe, der andere hatte einen Teppich geschultert und trug in der linken Hand ein großes gerahmtes Bild. Sie verstauten die Sachen im Lieferwagen, ohne die Beamten zu beachten.

Bischoff und Reupold stiegen aus und folgten den zwei Männern bis zum Eingang der Finca, wo sie auf eine stark übergewichtige Frau unbestimmbaren Alters stießen, die ihnen den Weg versperrte und sie in gebrochenem Deutsch anfauchte: „Was wollen Sie? Sie haben hier nichts zu suchen …"

„Immer mit der Ruhe", erwiderte Reupold und nahm seine Sonnenbrille ab. „Darf ich erst einmal fragen, wer Sie sind?"

„Ich arbeite für Señor Rafael …"

„Na wunderbar. Genau den möchten wir sprechen, wenn's recht ist. Er ist doch zuhause, oder?"

„Wer will das wissen?", fragte ein graumelierter, etwas besorgt wirkender Anzugträger um die fünfzig in makellosem Hochdeutsch, der hinter der Frau aufgetaucht war und die Beamten nicht unfreundlich musterte.

„Wir sind alte Bekannte von Herrn Rafael und wollten nur mal guten Tag sagen", erwiderte Bischoff.

„Freut mich zu hören. Aber ich glaube nicht, dass er momentan groß in Stimmung ist, Besuch zu empfangen."

„Zieht er gerade aus?", fragte Reupold.

„Allerdings."

„Und wieso?", fragte Bischoff.

„Er hat das Haus verkauft." Der Mann hielt Bischoff die Hand hin. „Perreiter, mein Name. Ich bin Immobilienmakler in Palma."

Bischoff und dann auch Reupold schüttelten dem Mann die Hand.

„Und wo zieht er jetzt hin?", fragte Bischoff.

„Er bezieht ein Apartment in Palma ..."

„Wir würden trotzdem gerne kurz mit ihm reden", sagte Reupold.

Perreiter trat zur Seite und machte eine Handbewegung ins Hausinnere. „Bitte sehr."

Bischoff und Reupold schoben sich an der Frau vorbei und betraten das Haus, wo sie im weitläufigen Wohnbereich auf einen weißhaarigen, gut siebzigjährigen Mann mit faltigem Gesicht und ausgemergelter Figur trafen, der ihnen, auf einen Stock gestützt, mit unsicherem Schritt entgegenkam.

„Tut uns leid, dass wir Sie stören müssen, Herr Rafael", sagte Bischoff und zückte ihren Ausweis. „Aber wir hätten nur ein paar Fragen."

Rafael trat näher, zog aus der Brusttasche seines Leinensakkos eine randlose Brille und studierte den Ausweis.

„Sie sind weit weg von zuhause“, murmelte er. „Und wie ich mir einbilde, auch nicht zuständig.“

„Wir möchten nur ein paar Auskünfte von Ihnen“, sagte Reupold. „Ganz unbürokratisch und ohne viel Tamtam.“

Rafael nickte und steckte die Brille wieder ein. „Wegen Markus Bosch, richtig? Hab in den Nachrichten davon gehört. Schreckliche Geschichte ...“

„Richtig.“

„Tja, was soll ich dazu sagen? Tut mir wirklich leid. Für Ihren Kollegen natürlich auch, aber für den Markus besonders. War ein feiner Kerl, auch wenn Sie das jetzt vielleicht nicht hören wollen.“

„Der feine Kerl hat vorgestern einen Kollegen und Freund von mir erschossen“, blaffte Reupold den Mann an. „Und mich hätte er auch fast erwischt.“

Rafael ließ sich nicht aus der Ruhe bringen. Er blickte Reupold nur mit neu erwachtem Interesse an und sagte: „Oh, ich wusste nicht, dass Sie dabei waren ... Aber wie gesagt: Ich kann wirklich nichts Schlechtes über ihn sagen.“

„Wie haben Sie beide sich eigentlich kennen gelernt?“, fragte Bischoff.

„Ganz klassisch: spätabends in einer Bar in Palma.“

„Und das hat gereicht, um ihm gleich Ihre Freundschaft anzubieten?“, fragte Reupold.

Rafael lächelte dünn. „Sie haben sich anscheinend nicht viel Mühe gemacht, was meine Person betrifft.“

„Wie bitte?“ Nun wurde auch Bischoff langsam ungeduldig.

„Na ja, dann wüssten Sie, dass Bosch und ich in Gelsenkirchen geboren wurden und dort auch aufgewachsen sind. Das hat uns erstmal jede Menge Gesprächsstoff geliefert. Der Rest hat sich dann ergeben, wie man so schön sagt. Zumal er den Eindruck eines Mannes gemacht hat, der auf sich aufpassen kann.“

„Ach so?“, sagte Reupold. „Wieso war das denn so wichtig?“

„Weil es zu dieser Zeit etliche Einbrüche hier oben in den Bergen gab, wobei ein älteres Ehepaar fast ums Leben gekommen wäre. Und weil ich damals allein hier gelebt habe, habe ich ihm angeboten, hier zu wohnen. Und davon hat er dann eine Zeitlang auch Gebrauch gemacht.“

„Und was hat er sonst so erzählt, abgesehen von seiner Jugend in Gelsenkirchen?“

„Er hat nie viel erzählt …“

„Tatsächlich?“ Reupold kratzte sich am Kopf, sein Blick wanderte durch den Raum. „Fällt mir irgendwie schwer, das zu glauben.“

„Bitte, nehmen Sie doch Platz.“ Rafael deutete auf die Couchgarnitur und ließ sich in einen der Sessel fallen. Er wirkte plötzlich sehr erschöpft. Bischoff und Reupold setzten sich nebeneinander auf die Couch.

„Also …?“, fragte Reupold.

„Ich verstehe schon. Sie möchten wissen, ob er Namen genannt hat, ob er über Freunde und Bekannte gesprochen hat. Aber selbst wenn, kann ich mich nicht mehr daran erinnern. Detaildemenz, nennt man so etwas wohl.“ Rafael lächelte kurz. „Der einzige Name, den ich behalten habe, ist der von einem Schauspieler, den er erwähnt hat, als wir uns zusammen mal einen Fernsehkrimi angesehen haben. Da hat er gemeint, den würde er kennen.“

„Aha, und wer war das?“

„Damals hat mir das Gesicht nichts gesagt, aber inzwischen ist der Mann ja öfter zu sehen. Er heißt Janek. Frank Janek.“

„Sind Sie sicher?“, fragte Bischoff überrascht.

„Ja, absolut.“

„Den kenne ich“, sagte Bischoff zu Reupold. „Der spielt in einem Film mit, den sie in den vergangenen Wochen bei uns in Traunstein gedreht haben.“

„In Traunstein?“, fragte Reupold verwundert.

„Ja. Diese Fernsehleute sind im Augenblick doch alle wie verrückt nach Geschichten aus dem Chiemgau. Auch wenn man nachher kaum etwas von der Gegend sieht.“

Reupold zuckte mit den Schultern. „Ich hab keinen Fernseher …“

„Und hat er diesen Janek später noch mal erwähnt?“, hakte Bischoff nach.

Rafael schüttelte mit nachdenklicher Miene den Kopf. „Nein, nicht dass ich mich erinnern könnte.“

„Okay, das wäre es dann schon gewesen.“ Bischoff erhob sich. „Haben Sie vielen Dank. Und alles Gute für Sie …“

Rafael nickte nur.

„Ein Schauspieler! Der Kerl verarscht uns doch …“, sagte Reupold beim Hinausgehen.

„Wart's ab …“

Vor dem Haus stand Perreiter auf der Terrasse und rauchte eine Zigarette. Von der Frau oder den beiden Möbelpackern war nichts zu sehen.

„Nun, haben Sie alles erfahren, was Sie wissen wollten?“, fragte Perreiter und lächelte leicht sarkastisch dazu.

„Sie haben gelauscht“, sagte Bischoff.

„Nur ein bisschen. Ich habe diesen Bosch übrigens auch kennen gelernt, als er hier oben gewohnt hat.“

„Ach ja ...?“

„Ja. Ich wollte ihm sogar einen Job vermitteln ...“

„Und als was?“, fragte Reupold.

„Ein Bekannter von mir leitet in Palma ein Inkasso-Büro. Aber leider hat er abgelehnt. Wäre nicht sein Stil, armen Teufeln auch noch den Rest wegzunehmen, hat er gemeint.“

„Und sonst hatten Sie nichts mit ihm zu schaffen?“, fragte Bischoff.

Perreiter schüttelte den Kopf. „Eigentlich nicht. Wir haben ein-, zweimal ein Bier zusammen getrunken, wenn er in Palma war, aber das war's auch schon.“

„Und hat er dabei mal einen gewissen Janek erwähnt? Frank Janek?“

Perreiter schüttelte erneut den Kopf. „Nicht dass ich wüsste."

„Wieso gibt er das schöne Anwesen hier eigentlich auf?", fragte Reupold. „Hat er Schulden?"

„Nun ja, dazu möchte ich nichts sagen. Aber wie Sie vielleicht wissen, hat er vor zehn, zwölf Jahren einen ziemlich kostspieligen Comeback-Versuch gestartet und ist dabei fürchterlich auf die Nase gefallen, auch und vor allem finanziell. Und wenn die Reserven aufgebraucht sind, geht es irgendwann an die Substanz."

„Alles klar", sagte Bischoff. „Also dann, auf Wiedersehen."

Bischoff und Reupold gingen zurück zu ihrem Wagen. Bischoff holte ihr Handy heraus und tippte Grubers Büronummer ein. Gruber war sofort am Apparat.

„Hallo Andreas. Wie war's in Dresden?"

„Schön. Und du, wo bist du gerade?"

„Auf Mallorca, auf der Finca von einem gewissen Bodo Rafael."

„Dem Schlagersänger?"

„Ja."

„Dann lass dir sofort ein Autogramm geben. Meine Ex-Frau schwärmt heute noch von ihm."

„Hast du dich deswegen scheiden lassen?"

„Unter anderem. Aber jetzt sag schon, was hat der gute Bodo mit der Sache in Irschenberg zu schaffen?"

„Er persönlich wohl nichts. Aber dieser Bosch hat mal bei ihm gewohnt und dabei erwähnt, dass er und Frank Janek, unser Schauspieler, sich kennen würden. Was sagst du jetzt?"

„Tatsächlich?"

„Ja."

„Hm, vermutlich aus der Zeit, als Janek noch den bösen Rocker gespielt hat, schätze ich?"

„Das genau ist die Frage, würde ich sagen."

„Willst du damit etwa sagen ...?"

„Weiß ich noch nicht. Aber der Janek wohnt doch irgendwo am Chiemsee, oder?"

„Ja. Irgendwo in einem Bauernhaus am Nordufer, wenn ich mich recht erinnere."

„Von wo es kein weiter Weg nach Irschenberg wäre!"

„Also Ulrike, das ist schon ein bisschen weit hergeholt, findest du nicht?"

„War auch nur so ein Gedanke. Also, ich ruf dich später noch mal an."

„Mach das."

„Was ist an diesem Janek denn plötzlich so

interessant?“, fragte Reupold eher beiläufig, sowie Bischoff ihr Handy wieder eingesteckt hatte.

„Weil der Mann, bevor er Schauspieler wurde, in ziemlich schlechter Gesellschaft verkehrt hat.“

„Inwiefern?“

„Er war im Ruhrgebiet Mitglied einer berüchtigten Motorradgang und hat wegen Körperverletzung und einiger anderer Delikte auch ein paar Jahre im Knast verbracht.“

„Schau an.“

„Eben.“

Reupold setzte seine Sonnenbrille wieder auf und stieg in den Fiat. „Trotzdem muss ich jetzt etwas essen. Hast du nicht gesagt, dass du hier in der Nähe ein Lokal kennst?“

„Ja, das Galiläa.“

„Dann los.“

16

„Du meinst also im Ernst, dieser Janek ist eine heiße Spur?“, fragte Reupold mit skeptischem Blick, nachdem sie an der Theke ihre Tapas ausgewählt und sich an den letzten freien Tisch auf der Terrasse gesetzt hatten.

„Warum nicht? Außerdem, haben wir eine andere, ob nun heiß oder kalt?“

„Das nicht, aber was erwartest du, nach knapp zwei Tagen? Abgesehen davon gibt es jede Menge Leute, die wir noch überprüfen müssen.“

„Ich bin trotzdem dafür, dass wir uns an diesen Schauspieler halten.“

Reupold verzog das Gesicht. „Also ich weiß nicht. Dass der Kerl früher mal mit einer Rockergang durch die Gegend gezogen ist und ein paar Jahre in Haft war, okay, aber wie du sagst, hat er sich seit seiner Entlassung vor über fünfzehn Jahren nichts mehr zuschulden kommen lassen und ist inzwischen auch noch ein erfolgreicher Schauspieler. Der wäre doch verrückt, wenn er nebenbei noch dealen würde. Und nur weil der Bosch ihn gekannt hat und er seinen Wohnsitz nicht allzu weit von

Irschenberg entfernt hat! Ein bisschen sehr wenig, würde ich sagen."

„Vielleicht hat er all die Jahre ein Doppelleben geführt. Hört man doch immer wieder …"

„Nach dem Motto: Einmal ein Krimineller, immer ein Krimineller, oder wie?"

„Vielleicht."

„Na schön, und wie sollen wir deiner Meinung nach jetzt vorgehen?"

„Wir sollten uns den Mann vornehmen. Und zwar sofort."

Sie bekamen ihre Tapas und Getränke serviert. Reupold trank einen Schluck Bier und sagte: „Bei der Beweislage von ‚sich vornehmen' zu sprechen, halte ich für ziemlich gewagt. Abgesehen davon wäre ich auch so dagegen. So wie der Typ, wer immer es sein mag, auf unseren Zugriff reagiert hat, ist der Mann ein absoluter Profi. Ich meine, er schlägt mich k.o., entwischt der Fahndung und entsorgt den Fluchtwagen, ohne dabei Spuren zu hinterlassen. Um so einen Mann zu überführen, brauchen wir schon mehr als die Tatsache, dass er einen der beteiligten Dealer gekannt hat. Nicht zu vergessen, dass wir bis jetzt weder bei Bosch noch in der Wohnung von seiner Freundin irgendeinen Hinweis auf diesen Janek gefunden haben."

„Und was heißt das jetzt?"

„Dass wir ziemlich blöd dastehen, wenn wir ihm jetzt auf die Pelle rücken und nichts finden. Nur dass er dann gewarnt ist und in Deckung bleiben wird, bis wir irgendwann aufgeben."

„Aber irgendetwas müssen wir doch unternehmen!"

„Klar doch. Wir werden ihn im Auge behalten und schauen, was er so treibt. Aber ihm jetzt mit einer Hausdurchsuchung und der Frage zu kommen, wo er Samstagabend war, halte ich für suboptimal, um es mal so auszudrücken."

Bischoff war nicht überzeugt. Dabei war ihr selbst nicht klar, woher ihr dringlicher Verdacht gegen Janek plötzlich rührte. War es nur wegen Moser, dass sie unbedingt Ergebnisse sehen wollte? Um auf andere Gedanken zu kommen, deutete sie kurz in die Runde und sagte: „Das hier war mal ein echter Geheimtipp. Und jetzt schau dich um ..."

„Ich sehe nur Leute, die hier gut essen und

die Aussicht genießen wollen. Was ist daran so schlimm?"

„Weil es einen Unterschied macht, ob man aus eigener Kraft hier heraufkommt, sei es zu Fuß oder mit dem Fahrrad, oder mit dem Auto!"

„Ah ja …"

Zurück auf dem Parkplatz, blickte Reupold auf seine Armbanduhr und fragte: „Wann geht der Flieger gleich noch mal?"

„Ein paar Minuten nach sechs."

„Na wunderbar, dann haben wir ja noch Zeit. Was hältst du davon, wenn wir auf dem Rückweg noch irgendwo ans Meer fahren und einen kleinen Spaziergang unternehmen?"

„Ist mir recht."

Reupold registrierte Bischoffs verdrossene Miene. „Okay, wenn du unbedingt willst, werde ich gleich etwas in die Wege leiten. Schon um sicherzugehen, dass der Kerl noch im Lande ist. Weißt du auch, wo am Chiemsee er wohnt?"

„Nicht genau. Aber das kann Gruber sicher herausfinden …"

„Dann ruf ihn an. Ich mache inzwischen alles andere klar."

Reupold holte sein Handy aus der Jackentasche und entfernte sich ein paar Schritte. Bischoff blieb am Wagen stehen und telefonierte nochmals mit Gruber, der ihr versprach, sich schnellstens schlau zu machen und alle nötigen Informationen an die Soko Irschenberg weiterzuleiten.

„Sowie wir wissen, wo er wohnt, fahren zwei Kollegen von der Fahndung raus zu ihm und schauen sich unauffällig um", erklärte Reupold dann. „Zufrieden nun?"

„Na ja, besser als nichts, würde ich sagen."

Sie stiegen in den Fiat und fuhren die Straße wieder hinab, bis Reupold nach einigen Kilometern plötzlich auf den steinigen, mit verkrüppelten Bäumen bewachsenen Hang rechts von ihnen deutete. „Machen wir doch hier unseren Spaziergang, was hältst davon? Von da oben kann man sicher auch das Meer sehen."

„Das Meer sehen und am Meer sein ist aber zweierlei …"

„Egal."

„Na schön, wie du willst." Bischoff bremste ab und blickte sich entlang der schmalen, von kleinen Felsbrocken gesäumten Straße nach einer freien Stelle um. Nachdem sie eingeparkt und den Motor abgestellt hatte, fragte sie: „Ist dir eigentlich aufgefallen, dass wir bis jetzt mit keinem Wort über Stefan gesprochen haben?“

„Klar ist mir das aufgefallen.“ Er schloss kurz die Augen und schniefte. „Aber was passiert ist, ist passiert und vorbei. Er ist tot und ich bin noch am Leben, so einfach ist das. Wie ich damit umgehe, ist meine Sache. Also nimm's mir nicht übel, wenn ich nicht darüber reden möchte, okay?“

„Alles klar.“

Sie stiegen aus und kletterten den Hang hinauf, wo sie nach ein paar Minuten tatsächlich einen Fleck mit Meeresblick erreichten.

„Na, wer sagt's denn.“ Reupold grinste zufrieden in die Sonne und ließ sich auf einer kleinen Felsplatte nieder, ohne Bischoff lange zu fragen, ob ihr dies recht sei.

„War das schon alles?“, fragte sie unwillig.

„Für heute schon, würde ich sagen.“ Reupold nahm seine Mütze ab und strich sich übers Haar. „Vielleicht habe ich mich doch ein wenig übernommen …“

Bischoff setzte sich neben ihn, die Knie angezogen und blickte in die Ferne, in Gedanken wieder bei diesem Schauspieler.

„Jetzt hör endlich auf, an den Job zu denken“, sagte Reupold. „Freu dich einfach, dass wir hier sind.“ Nach diesen Worten legte er seinen Arm um Bischoffs Schultern, zog sie zu sich heran und küsste sie hart auf den Mund. Bischoff sträubte sich kurz dagegen, und erwiderte den Kuss dann umso heftiger. Reupold schob mit der linken Hand ihr T-Shirt hoch und griff nach ihren Brüsten. Bischoff ließ es zu und wehrte sich auch nicht, als Reupold wenig später den Reißverschluss ihrer Jeans öffnete.

17

„Also dann, fahr vorsichtig", sagte Janek. „Und ruf mich an, wenn du zuhause bist."

„Mache ich." Julia hauchte Janek einen Kuss auf die Wange, drehte sich um und stieg in ihren Volvo. Sie winkte Janek noch kurz zu, und fuhr los. Janek schaute dem Wagen nach, bis er unterhalb der Anhöhe in dem schmalen Waldstück, hinter dem die Bundesstraße verlief, verschwunden war. Er blieb noch eine Weile stehen und blickte auf den See hinaus, über dem erste Nebelschwaden aufgezogen waren. Er fühlte sich plötzlich sehr einsam. Einsam und bedrängt. Wenn er nur wüsste, was mit Boschs Freundin war. Glaubte die Frau wirklich, sie könnte auf Dauer untertauchen? Und vor allem, wann würde sie aufkreuzen und von ihm verlangen, dass er den Stoff zu Geld machte?

Als er sich umdrehte, um ins Haus zurückzukehren, meinte er, am Waldrand links von sich eine Bewegung wahrzunehmen. Er blickte genauer hin, konnte aber nichts Ungewöhnliches erkennen. Nur die Front der Fichtenstämme mit etwas Gebüsch dazwischen. Vermutlich nur ein Reh, versuchte er, sich zu beruhigen.

Und wenn nicht? Er ging hinein, sperrte ab und lief ins Obergeschoss, um von dort Ausschau zu halten. Zu dumm, dass er kein Fernglas im Haus hatte. Er wartete gut zehn Minuten, aber nichts rührte sich. Nur die Schatten, die vom Waldrand her über die Wiese auf das Haus zu krochen, wurden länger.

Er ging wieder hinab und in die Küche, um sich Kaffee zu machen und nebenher etwas aufzuräumen. Doch seine Unruhe blieb. Sollte er sich damit zufrieden geben, dass er nichts Verdächtiges entdeckt hatte? Denn wie hatte Bosch gleich gesagt: „Immer misstrauisch und auf das Schlimmste gefasst!" Genau. Konnte doch sein, dass sie ihm längst auf die Spur gekommen waren, dass Boschs Freundin längst der Polizei in die Hände gefallen war. Und dass sie jetzt dabei waren, das Gelände zu sondieren, eine Art Spähtrupp unterwegs war, um die Lage auszukundschaften. Damit sie dann, sowie es dunkel wäre, zuschlagen könnten, schnell und effizient.

Er setzte sich an den Küchentisch, trank eine Tasse Kaffee und blickte sich ratlos um. Litt er vielleicht schon unter Verfolgungswahn? Durchaus möglich. Aber konnte er es sich wirklich leisten, einfach dazusitzen, ohne zu wissen, was eventuell im Gange war? Zumal die Polizei nicht die einzige Gefahr war, die ihm drohte. Wer sagte ihm denn, dass es nicht irgendwelche Bulgaren waren, die dort draußen herumschlichen?

Er nahm seine Tasse mit ins Wohnzimmer, setzte sich vor den Fernseher und schaute sich eine Nachrichtensendung an. Aber die Sache ließ ihm keine Ruhe. Also stand er wieder auf, ging in den Flur hinaus und zog sich an: Feste Schuhe, Anorak und Wollmütze. Er überprüfte den Revolver und steckte die Waffe dann wieder zurück in die rechte Anoraktasche. Als er vor die Haustür trat, dämmerte es bereits. Genau der richtige Zeitpunkt, um einen kleinen Abendspaziergang vorzutäuschen, sagte er sich. Er sperrte die Tür ab, klopfte im Vorbeigehen beiläufig auf die Motorhaube seines Suzuki, und marschierte los.

Sein Ziel war das kleine Dorf an der Bundesstraße unten am Seeufer, wo er gelegentlich in der Bäckerei sein Brot und eine Zeitung kaufte. Dort angekommen, würde er einen Bogen schlagen und sich vom Westen her dem Haus nähern. Würde er vorsichtig den hauptsächlich mit Fichten bewachsenen Abhang durchstreifen und nachsehen, ob sich dort jemand herumtrieb. Nun ja, nicht gerade nachsehen, er würde sich schon weitgehend auf sein Gehör verlassen müssen. Ein Wald bei Nacht und ohne Mondlicht war schließlich keine Spielwiese wie im Film, hübsch ausgeleuchtet und schön übersichtlich.

Er schritt flott aus, und so dauerte es keine zehn Minuten, bis er die ersten Häuser der Ortschaft erreicht hatte. Er blickte sich prüfend um, aber nichts deutete darauf hin, dass sich irgendwelche Polizeikräfte hier versammelt hätten. Etwas Verkehr auf der Bundesstraße, aber sonst war kein Mensch zu sehen. Er passierte die Bäckerei und den Friseurladen, und bog an der Ecke mit der Pension in den Weg ein, der an einem Gartenzaun entlang zu einem unbewohnten Altbau führte, hinter dem es nur wenige Meter bis zum Waldrand waren. Unter den ersten Bäumen angekommen, blieb er stehen und wartete, bis wieder ein Fahrzeug die Straße entlang kam. Nutzte dann die Geräuschkulisse, um tiefer in den Wald vorzudringen, den Kopf eingezogen und die Hände schützend vors Gesicht gehalten, um sich nicht an tief hängenden Ästen zu verletzen. Noch bevor der Motorenlärm verstummt war, verhielt er sich wieder still und lauschte.

Nichts.

Kein Laut drang an ihn heran.

Beim nächsten Fahrzeug, einem Lkw, ging er erneut so vor, und auch beim übernächsten.

Noch immer nichts. Also weiter.

Als nach dem fünften Fahrzeug wieder Ruhe einkehrte, richtete er sich entlang eines Baumstamms auf und versuchte, seine Position zu bestimmen. Er schätzte, dass er gut zwei Drittel des Abhangs hinter sich hatte, der Waldrand also nicht mehr fern sein konnte. Er zog seinen Revolver aus der Tasche, hielt die Waffe an seinen Oberschenkel gepresst und hörte von unten schon das nächste Fahrzeug näher kommen, als er links von sich einen Schatten registrierte.

Im nächsten Augenblick stürzte sich eine dunkel gekleidete Gestalt auf ihn, die mit beiden Händen nach seinem Hals griff. Janek riss seinen linken Arm hoch und wich einen Schritt zurück, stolperte dabei jedoch über eine Baumwurzel und plumpste rücklings zu Boden. Durch den Aufprall entglitt der Revolver seiner Hand und schlitterte den Hang hinab. Aber da hatte sich der andere schon auf ihn geworfen und sie rollten, keuchend und ineinander verkeilt, sekundenlang hin und her. Bis Janek es schaffte, sein rechtes Knie in den Unterleib des Angreifers zu rammen. Der Mann stöhnte auf, krümmte sich vor Schmerz und ließ Janek los. Janek versetzte ihm noch einen Kopfstoß gegen die Nase, ehe er dem Mann unter die Lederjacke griff und nach einer Waffe absuchte. Er bekam unter der linken Achsel den Griff einer Pistole zu fassen, zerrte die Waffe aus dem Halfter und drückte dem Mann die Mündung an die Stirn.

„Los, raus mit der Sprache. Was willst du von mir?"

„Nichts ..."

„Na schön, wenn dir ein Loch im Kopf lieber ist ..."

„Wir sollten nur nachschauen ..."

Wir!

Janek hob den Kopf und blickte sich blitzschnell um. Doch nichts rührte sich, alles blieb ruhig und leer.

„Wer ist wir?", fragte er.

„Polizei ..."

„Ach ja? Und was wollt ihr nachschauen?“

„Ob … ob Sie da sind.“

„Und warum?“

„Weil Sie diesen Bosch kennen …“

„Wer sagt das?“

„Weiß ich nicht. Irgendwer auf Mallorca …“

Mallorca! Janeks Gedanken rasten. Er kannte niemanden dort. Oder doch? Richtig, hatte Bosch nicht irgendetwas von einem Schlagersänger erzählt, bei dem er mal gewohnt hatte? Hatte der ihn verpfiffen? Aber das lag doch Jahre zurück, dass Bosch dort war. Und kennen? War das wirklich alles, was sie gegen ihn in der Hand hatten? Er zögerte kurz, unschlüssig, ob er dem Mann glauben sollte oder nicht. Aber selbst wenn er die Wahrheit gesagt hatte, der verdammte Revolver würde alles zunichte machen. Es sei denn, der Kerl hatte nicht bemerkt, dass er bewaffnet gewesen war.

Ein Strohhalm, mehr nicht.

„Und warum fällst du dann über mich her?“, fragte er.

„Ich dachte, Sie sind vielleicht bewaffnet …“

„War ich aber nicht.“

„Ja, okay, war ein Fehler …“

Der Strahl einer Taschenlampe blendete ihn.

„Polizei. Weg mit der Pistole …“

Eine Frau.

Janek blinzelte, hielt die Pistole weiter auf den Mann gerichtet.

„Ich hab gesagt: weg mit der Pistole“, schrie die Frau mit sich überschlagender Stimme. „Weg damit oder ich schieße …“

Janek überlegte kurz, ob er drohen sollte, den Mann zu erschießen, sollte sie nicht aufgeben und die Waffe fallen lassen. Dann könnte er die zwei hier gefesselt zurücklassen, zu seinem Wagen rennen und die Flucht ergreifen. Die Grenze zu Österreich war nicht weit, und was danach kommen würde, daran wollte er im Augenblick gar nicht denken. Derart abgelenkt, bemerkte er zu spät, dass sich der Mann ein Aststück gegriffen hatte, das nun mitten in seinem Gesicht einschlug.

Für einen Moment außer Gefecht gesetzt, konnte er nicht verhindern, dass die Frau die Gelegenheit nutzte und ihm einen kräftigen Fußtritt genau an die Stelle versetzte, wo ihn der Ast getroffen hatte. Ihm wurde leicht übel, während der Schmerz sich in seinem Kopf ausbreitete. Gleich darauf war er die Pistole los, und als er aufblickte, standen die zwei über ihm, ihre Waffen auf seinen Kopf gerichtet.

„Na, du Arschloch“, sagte der Mann. „Hast du jetzt immer noch Lust, mich auszufragen?“

Janek befühlte seine angeschlagene Backe und wischte sich etwas Blut von der Oberlippe. Er sagte: „Selber Arschloch. Das war Körperverletzung im Dienst. Dafür sehen wir uns vor Gericht wieder.“

„Kann’s kaum erwarten. Und jetzt leg dich auf den Bauch und halt die Klappe.“

Janek schüttelte nur leicht den Kopf.

„Wie du willst …“

Der Mann steckte seine Pistole ein, trat vor und stieß Janek mit einem Fußtritt zu Boden. Drückte ihm dann ein Knie ins Kreuz und fesselte Janeks Handgelenke mit einem Plastikband.

„Und jetzt hoch mit dir, du Wichser“, sagte der Mann.

Janek spuckte etwas Blut ins Laub und tat ihm den Gefallen. Hatte nur einen Gedanken: Hatten die zwei den Revolver nun bemerkt oder nicht? Doch keiner der beiden erwähnte etwas in der Richtung, und so stieg er, dirigiert von dem Mann, bereitwillig den Abhang weiter hinauf. Am Waldrand angekommen und mit Blick auf Janeks Haus sagte der Mann: „Wir gehen erstmal zu dir. Du bist doch auf Besuch eingestellt, oder?“

Janek sagte nichts.

Die Frau blieb mit etwas Abstand hinter ihnen und telefonierte die ganze Zeit mit aufgeregter Stimme.

18

Am Haus angelangt, sagte der Mann zu Janek: „Die Schlüssel."

„Hab ich verloren", erwiderte Janek.

Der andere zögerte kurz, und griff Janek dann in die rechte Anoraktasche.

„Und was ist das hier?", fragte er, Janeks Schlüsselbund in der Hand.

Janek sagte nichts.

„Aber pass auf, Max", sagte die Frau.

„Logo."

Der Mann sperrte auf, machte Licht und betrat mit gezogener Pistole den Flur. Er inspizierte kurz alle Räume im Erdgeschoss, bevor er zurück an die Haustür kam und seiner Kollegin mit einer Handbewegung bedeutete, Janek herein zu schaffen. Die Frau bugsierte Janek unsanft in den Flur.

„Bring ihn ins Wohnzimmer", sagte der Mann. „Dieser Kommissar aus Traunstein müsste gleich da sein. Ich schau mich inzwischen ein bisschen um."

„Sie haben kein Recht, das Haus zu durchsuchen", sagte Janek. „Sie haben nicht einmal das Recht, irgendetwas anzufassen."

„Sonst noch Wünsche, du Klugscheißer?"

„Ja. Sie haben auch kein Recht, mich zu duzen."

„Schau dir den Kerl an", sagte Max zu seiner Begleiterin. „Handelt mit Drogen, schießt auf Polizisten und bringt mich fast um, aber immer noch eine große Klappe." Er trat zu Janek und fuchtelte mit dem Zeigefinger vor Janeks Gesicht herum. „Du wanderst ins Kittchen, mein Freund, und zwar für sehr, sehr lange Zeit. Mal sehen, ob du dann deine Klappe immer noch so weit aufreißt."

„Wenn hier einer ins Kittchen wandert, dann Sie", erwiderte Janek. „Schon vergessen, Sie haben mich, ohne sich als Polizist auszuweisen, auf meinem Grundstück hinterrücks überfallen? Wäre ich bewaffnet gewesen und hätte sich die Sache in Amerika abgespielt, hätte ich sogar das Recht gehabt, ohne Warnung auf Sie zu schießen. Nicht, dass ich dies gutheißen würde, aber nur damit Sie mal einen Vergleich haben. Und jetzt möchte ich endlich meinen Anwalt anrufen …"

„Ich möchte, ich möchte, ich möchte …", äffte Max Janek nach. „Jetzt setz dich endlich hin und halt die Klappe."

Janek ließ sich auf die Couch fallen und sagte nichts mehr. Die Frau nahm in einem der Sessel Platz und starrte Janek finster an. Janek ignorierte ihren Blick und versuchte abzuschätzen, wie tief er in der Klemme steckte. Dass man zwei solche Grünschnäbel geschickt hatte, um ihn zu observieren, war zumindest ein Lichtblick. Und er konnte sich mittlerweile auch denken, wie das auf Mallorca möglicherweise abgelaufen war. Sie hatten diesen Schlagersänger befragt, der ihnen erzählt hatte, dass ihm Bosch mal erzählt hätte, dass er einen Schauspieler namens Frank Janek kennen würde. Na und? Daraus würden sie ihm keinen Strick drehen können. Hauptsache war, der Revolver blieb unentdeckt.

Er hörte, wie sich ein Auto dem Haus näherte.

Ein paar Minuten später betraten Max und Kommissar Gruber das Wohnzimmer. Die Frau stand auf und nahm so etwas wie Haltung an. Janek blieb sitzen.

„Herr Janek …“, sagte Gruber mit ausdrucksloser Stimme.

„Hallo Herr Kommissar …“

„Sie machen ja schöne Sachen.“

„Ich hab nur meine Rechte wahrgenommen, würde ich sagen …“

„Nehmen Sie ihm die Fesseln ab“, sagte Gruber zu dem Mann.

„Auf keinen Fall. Der Kerl hätte mich fast umgebracht und …“

Gruber brachte ihn mit einer Handbewegung zum Schweigen. „Danke, Herr Kollege, aber Ihre Version kenne ich bereits“, sagte er. „Jetzt möchte ich hören, was Herr Janek zu der Geschichte zu sagen hat. Also bitte …“

„Aber auf Ihre Verantwortung, Herr Hauptkommissar.“

Gruber nickte nur.

Janek stand auf und drehte Max den Rücken zu. Der Mann befreite ihn von seinen Fesseln. Janek rieb sich erleichtert die Handgelenke und sagte zu Gruber: „Was dagegen, wenn ich mich erst ein wenig sauber mache?“

„Natürlich nicht.“

Janek ging ins Badezimmer und wusch sich das Blut und den Schmutz aus dem Gesicht. Es waren zum Glück nur ein paar Kratzer und eine kleine Platzwunde, die er sich eingefangen hatte. Er tupfte noch etwas Alkohol auf die betroffene und mittlerweile bläulich verfärbte

Stelle und kehrte dann ins Wohnzimmer zurück, begleitet von Max, der im Flur auf ihn gewartet und keine Sekunde aus den Augen gelassen hatte.

„Also, das ist leicht zu erklären“, sagte Janek zu Gruber. „Ich habe gesehen, wie sich jemand am Waldrand herumgedrückt hat und wollte nachsehen, was los ist, wer das sein könnte, ob es sich vielleicht um einen Einbrecher handelt.“

„Ein Einbrecher! So ein Blödsinn“, sagte Max.

„Und weiter?“, fragte Gruber.

„Na ja, also habe ich so getan, als würde ich einen kleinen Spaziergang unternehmen, bin runter ins Dorf und von dort in den Wald hinauf. Dabei bin ich dann auf diesen Herrn hier gestoßen, der mich sofort angegriffen hat, grundlos übrigens und ohne sich dabei als Polizeibeamter auszuweisen. Ich habe mich natürlich gewehrt und ...“

„Gewehrt, nennt er das“, rief der Mann aus. „Er hätte mich um Haaresbreite erschossen.“

„Das hole ich gleich nach“, sagte Gruber, „wenn Sie mich noch einmal unterbrechen.“

„Wie gesagt, ich habe mich nur gewehrt“,

fuhr Janek fort. „Aber nachdem ich keine Ahnung hatte, dass er von der Polizei ist, es mir aber gelungen war, ihm seine Pistole abzunehmen, habe ich ihn damit bedroht und verlangt, dass er auspackt, dass er sagt, warum er um mein Haus schleicht."

„Ich hab ihm sofort gesagt, dass ich von der Polizei bin", widersprach Max. „Das war ihm aber scheißegal."

Janek ignorierte den Einwand und deutete auf die Frau. „Aber dann ist diese Dame hier aufgetaucht und hat ebenfalls beteuert, von der Polizei zu sein. Daraufhin habe ich mich gefügt und Ihre zwei Kollegen hierher begleitet."

Max schüttelte entrüstet den Kopf und rief: „Gefügt, nennt er das. Der lügt doch wie gedruckt. Und außerdem, warum hat er dann nicht die Polizei gerufen, wenn er schon Angst hatte, dass Einbrecher ums Haus schleichen?"

„Wer sagt denn, dass ich Angst hatte?", erwiderte Janek.

„Sie hätten trotzdem die Polizei rufen können", sagte Gruber. „Wäre unter diesen Umständen das Normale gewesen."

„Und dann? Glauben Sie im Ernst, die Herren Einbrecher, falls vorhanden, hätten brav darauf gewartet, dass Ihre Kollegen sie im Wald aufstöbern?"

„Nun ja, hat was für sich."

Janek fürchtete sich vor der Frage, aber recht viel länger konnte er es nicht mehr hinauszögern. „Aber vielleicht verraten Sie mir langsam, was das Ganze soll? Ihr rauflustiger Kollege hier hat etwas von diesem Markus Bosch und Mallorca erwähnt. Glauben Sie vielleicht, ich habe etwas mit dieser Sache in Irschenberg zu tun?"

„Setzen wir uns doch."

Janek ließ sich wieder auf die Couch fallen und wartete, bis der Kommissar und die Frau sich gesetzt hatten. Max blieb stehen, die Schulter an den Kachelofen gelehnt.

„Also, ich höre …"

„Nun, es ist so", sagte Gruber. „Meine Kollegin Bischoff, die Sie vor einigen Wochen ja auch kennen gelernt haben, ist derzeit Mitglied bei der für diesen Fall eingerichteten Sonderkommission. Dabei war sie heute auf Mallorca, wo sie mit einem Mann gesprochen hat, bei dem Markus Bosch, also einer der beiden toten Dealer, vorübergehend mal gewohnt hat."

„Und wer ist dieser Mann, wenn ich fragen darf?"

„Bodo Rafael. Ein Schlagersänger aus den Siebzigern …“

„Nie von ihm gehört. Und weiter?“

„Nun ja, dabei ist Ihr Name gefallen …“

„Tatsächlich? Und in welchem Zusammenhang?“

„Nun, er sagt, Bosch und er hätten sich mal zusammen einen Film im Fernsehen angesehen, in dem Sie mitgespielt haben, und da hätte Bosch erwähnt, dass er Sie kennt.“

„Mich kennt? Woher denn?“

„Das genau ist die Frage.“

Janek fiel ein Stein vom Herzen. Diese dämliche Plaudertasche von Bosch. Aber gut, wenn dies alles war, dürfte er kein Problem damit haben. Er sagte: „Ich habe sein Foto natürlich gesehen, im Fernsehen und in der Zeitung. Aber dass ich den Mann mal gekannt oder auch nur gesehen hätte, daran kann ich mich beim besten Willen nicht erinnern. Aber ich hab damals eine Menge Leute getroffen, an die ich mich heute wohl nicht mehr erinnern würde. Nicht unbedingt, weil's mir peinlich wäre. Ich meine, wie Sie wissen, stehe ich zu meiner Vergangenheit. Aber ich war damals unglaublich viel unterwegs, in Clubs, auf Partys, bei irgendwelchen Leuten, die ich längst vergessen habe. Gut möglich also, dass mir der Mann dabei mal über den Weg gelaufen ist, dass wir in einer Bar etwas getrunken und geredet haben. Aber wie gesagt, der Name sagt mir absolut nichts."

Gruber nickte. „Schön, das wäre das eine. Aber es kommt noch etwas hinzu: Heute Morgen hat man in einem Waldstück östlich von Rosenheim einen ausgebrannten Kombi entdeckt, bei dem es sich höchstwahrscheinlich um das Fluchtfahrzeug der Dealer handeln dürfte."

„Genau, praktisch vor Ihrer Haustür", sagte Max. „Wie erklären Sie uns das?"

„Ihnen muss ich überhaupt nichts erklären", erwiderte Janek. Und zu Gruber gewandt: „Keine Ahnung, wieso der Wagen ausgerechnet dort abgefackelt wurde. Aber so wie ein Bekannter von Bosch auf Mallorca wohnt, kann sein flüchtiger Komplize auch in Rosenheim oder Umgebung wohnen. Und schon haben Sie die Erklärung."

Gruber nickte. „Na schön. Das wär's dann schon gewesen, würde ich sagen …"

„Sie wollen den Mistkerl nicht festnehmen?", fragte Max ungläubig.

„Ich wüsste nicht, wieso“, erwiderte Gruber. „Er hätte mich fast erschossen, deswegen …“

„Gut. Schreiben Sie Ihren Bericht dazu, ich schreibe meinen, und dann lassen wir die Staatsanwaltschaft entscheiden. Einverstanden?“

Gruber erhob sich.

„Möchten Sie vielleicht noch einen Kaffee, bevor Sie fahren?“, fragte Janek den Kommissar.

19

Gruber überlegte kurz. Er wollte seine Kollegen nicht weiter brüskieren, indem er die Einladung annahm, andererseits, so dachte er, wäre dies eine gute Möglichkeit, vielleicht mehr zu erfahren. Denn so schlüssig sich Janeks Erklärungen auch anhörten, die Verdachtsmomente standen nun mal im Raum.

„Warum nicht", sagte er.

„Wir werden uns über Sie beschweren", sagte Max zu Gruber.

„Tun Sie das, Herr Kollege. Den Weg zurück zu Ihrem Wagen finden Sie alleine, nehme ich an?"

Der Mann warf Janek noch einen giftigen Blick zu, und verschwand mit seiner Partnerin zur Tür hinaus.

Gruber deutete auf Janeks angeschwollene Gesichtshälfte. „Sie sollten da vielleicht ein bisschen Eis drauf tun. Und Ihre Nase blutet auch wieder …"

„Danke. Bin gleich zurück …"

Janek ging in die Küche nebenan, und Gruber schaute sich im Wohnzimmer um. Der Raum war nur spärlich möbliert, eine gemütliche, aber schon etwas zerschlissene Couchgarnitur, ein Fernseher, eine Stereoanlage und zwei Regale mit Büchern, CDs und DVDs. Der einzige Wandschmuck waren ein paar gerahmte Fotos und ein schmales Schwert in einer schwarzen Scheide über dem Sofa. Er inspizierte ein paar der Titel, und hielt erstaunt inne. „Die Königin und der Leibarzt". Das kam ihm doch irgendwie bekannt vor. Er nahm die DVD aus dem Regal, und tatsächlich, es handelte sich um eine Verfilmung der Geschichte des Johann Friedrich Struensee. Er war noch beim Lesen der Inhaltsangabe, als Janek herantrat, ein Blatt Küchenpapier mit ein paar Eiswürfeln gegen seine linke Backe gedrückt.

„Kein schlechter Film", erklärte Janek.

Gruber nickte. „Glaube ich gerne. Ich habe erst kürzlich einen Roman über die Geschichte des Mannes gelesen."

„Na dann, nehmen Sie ihn mit, bevor er hier verstaubt."

„Aber ..."

„Nichts aber. Der Film gehört Ihnen."

„Dann sage ich besten Dank." Gruber steckte die DVD in seine Manteltasche, folgte Janek in die Küche und setzte sich an den Tisch.

„Die Kollegen haben berichtet, Sie hätten heute Nachmittag Besuch gehabt“, sagte er, während sich Janek an der Kaffeemaschine zu schaffen machte.

„Richtig. Die Producerin von meinem letzten Film war hier und wollte wissen, wie ich das Drehbuch für ein neues Projekt finde.“ Janek lächelte knapp. „Nicht, dass ich viel dabei mitzureden hätte …“

„Ein guter Freund von mir, Walter Schott, schreibt auch Drehbücher.“

„Tatsächlich?“

„Ja. Er wohnt in Berlin.“

„Walter Schott?“ Janek schüttelte den Kopf. „Tut mir leid, aber der Name sagt mir nichts. Aber es soll inzwischen ja mehr als dreitausend Leute in Deutschland geben, die Drehbücher schreiben.“

„Aber wenn die Produzenten schon zu Ihnen ins Haus kommen, dann heißt das ja wohl, dass Sie inzwischen ganz gut im Geschäft sind, oder?“

„Kann nicht klagen …“ Janek grinste mit leicht verzerrtem Gesicht. „Aber die Dame war nicht nur beruflich hier, wenn Sie es genau wissen möchten.“

„Verstehe …“

Janek holte zwei Tassen aus dem Küchenschrank und stellte sie auf dem Tisch ab.

„Milch, Zucker?“, fragte er.

„Nur etwas Milch“, erwiderte Gruber.

Janek holte ein Kännchen mit Dosenmilch aus dem Kühlschrank, stellte es dazu und schenkte Gruber und sich ein, bevor er sich ebenfalls an den Tisch setzte.

„Sagen Sie“, fragte Gruber, „war das eigentlich wirklich nötig, dass Sie den Kollegen so hart angegangen sind? Ich meine, wenn Sie mit der Sache nichts zu tun haben, dann hätten Sie doch einfach sofort klein beigeben können, oder?“

Janek nickte. „Hätte ich, ja. Aber leider war klein beigeben noch nie meine Stärke. Abgesehen davon kann sich jeder als Polizist ausgeben. Aber wenn Sie möchten, bin ich gerne bereit, mich bei dem Mann zu entschuldigen.“

„Wäre nicht schlecht, würde ich sagen. Ich glaube zwar nicht, dass es zu einem Verfahren deswegen kommt, aber es würde sich jedenfalls gut machen.“

„Kein Problem.“

„Aber jetzt zu einer Frage, die Sie bestimmt

schon ein paar hundert Mal gehört haben“, sagte Gruber nach dem ersten Schluck. „Wie kommt es, dass so ein harter Knochen wie Sie ausgerechnet den Beruf des Schauspielers gewählt hat? Ein Beruf, in dem man doch dauernd nach der Pfeife anderer tanzen muss. Jedenfalls, solange man nicht Robert Redford oder Brad Pitt heißt.“

„Gute Frage, auf die ich leider keine Antwort habe. Ich weiß nur, dass ich der jungen und recht hübschen Regisseurin, die damals ins Gefängnis kam, um mit den Insassen ein Theaterprojekt zu realisieren, imponieren wollte. Dass sie mir Talent bescheinigen und sich nach meiner Entlassung um mich kümmern würde, daran hätte ich nie gedacht. Aber nachdem Leute um die dreißig ohne Berufsausbildung, aber mit Knasterfahrung nicht gerade das sind, worauf der Arbeitsmarkt wartet, habe ich mir gesagt, warum nicht Schauspieler? Wobei ich zugeben muss, dass ich damals hauptsächlich den, sagen wir mal: glamourösen Faktor, im Blick hatte. Vergleichsweise leichte Arbeit, aber viel Geld und Anerkennung und immer den besten Tisch im Restaurant, wie man so schön sagt. Dass dem nicht so war und die Schauspielerei auch ein Knochenjob sein kann, habe ich erst später herausgefunden. Dass ich dennoch durchgehalten habe, verdanke ich allein Sigrid, also dieser Regisseurin. Wenn die nicht gewesen wäre, ich weiß wirklich nicht, wo ich gelandet wäre. Vielleicht wieder als Türsteher irgendwo vor einer Bar oder Disco ..."

„Verstehe. Haben Sie noch Kontakt zu ihr?"

„Nein. Sie ist tot." Janek lächelte, schmerzhaft berührt. „Sie kam vor zehn Jahren, im November 2013, beim Skifahren in Südtirol ums Leben. Eine Lawine ..."

„Das tut mir leid."

Janek nickte nur. „Aber was anderes", sagte er dann. „Was ist eigentlich mit der Freundin von diesem Bosch, nach der ja auch gesucht wird? Ich meine, die könnte Ihnen doch am ehesten helfen, die Sache aufzuklären."

„Vermutlich ..."

„Noch immer keine Spur von ihr?"

Gruber schüttelte den Kopf. „Nicht, dass ich wüsste. Aber so genau bin ich nicht informiert." Er trank seine Tasse leer und erhob sich. „Also dann, Herr Janek, nochmals vielen Dank für die DVD und, nun ja, vielleicht bis demnächst, denn ich weiß nicht, ob sich die

Münchner Kollegen mit Ihren Angaben zufrieden geben werden."

„Gut. Dann werde ich mich besser gleich nach einem Anwalt umsehen."

„Tun Sie das. Ach ja, eines könnten Sie mir noch verraten ..."

„Ich höre."

„Wo haben Sie sich am Samstagabend aufgehalten?"

„Ich war hier, den ganzen Abend. Leider allein."

„Na ja, so was soll vorkommen."

Janek begleitete Gruber vor das Haus, sie schüttelten sich die Hände, und Gruber stieg in seinen Wagen und fuhr los.

20

„Was ist denn heute mit dir los?", fragte Ingrid, nachdem Gruber die Nachttischlampe angeknipst hatte und sich nach Lesestoff umsah. „Du kannst doch sonst immer so gut schlafen, nachdem ich meine ehelichen Pflichten erfüllt habe."

„Wenn das Pflichterfüllung war, möchte ich nicht wissen, wie es sich anhört, wenn du mal richtig in Fahrt kommst."

„Du …" Ingrid boxte Gruber sanft in den Rücken. „Aber sag: Lässt dir die Sache mit diesem Schauspieler keine Ruhe?"

„Nein … Oder doch, ja, irgendwie schon." Gruber legte die Biographie über Scott Walker auf den Nachttisch zurück, drehte sich um und blickte seine Frau nachdenklich an.

„Und wieso?", fragte Ingrid.

„Ich weiß auch nicht genau. Wie schon gesagt, klang alles sehr glaubwürdig, was er mir erzählt hat. Dass er in seinen wilden Zeiten mit vielen Leuten Kontakt hatte, an die er sich heute nicht mehr erinnern kann …"

„Aber?"

„Na ja, was mir Kopfzerbrechen bereitet,

ist dieser ausgebrannte Kombi, keine zwanzig Kilometer von seinem Haus entfernt! Und ein Alibi hat er auch nicht."

„Nicht zu vergessen die Sache heute Abend …"

„Richtig, das kommt noch hinzu. Aber auch da finde ich seine Erklärung absolut glaubwürdig. Dass er nicht die Polizei gerufen, sondern auf eigene Faust nachgeforscht hat, passt nun mal zu ihm."

„Trotzdem ein bisschen viel auf einmal, oder?"

„Eben. Andererseits: Wenn du genau hinsiehst, sind das alles nur Verdachtsmomente. Nichts davon ist ein Beweis …"

„Du meinst also, die Werner bleibt dabei und wird keine Ermittlungen einleiten?"

„Ja. So habe ich sie jedenfalls verstanden. Ich meine, wenn wir wenigstens ein Motiv hätten. Aber der wäre doch verrückt, wenn er sich jetzt noch auf solche Sachen einlassen würde. Kann natürlich sein, dass die Bischoff noch mehr herausfindet. Allerdings dürften viele Akten von damals, also was seine Rockerfreunde und Komplizen von damals betrifft, längst gelöscht sein."

„Vielleicht steckt etwas ganz anderes dahinter? Wie sagst du immer: Möglich ist alles."

„Sicher. Aber stell dir vor, wir liegen falsch und erheben bei dieser Beweislage, die keine ist, jetzt Anklage gegen ihn. Dann ruinieren wir nicht nur seine Karriere, sondern riskieren auch, dass er uns nachher deswegen verklagt."

„Also bleibt er vorerst unbehelligt?"

„Unbehelligt nicht gerade. Ich schätze, die Bischoff und ihre Kollegen von der Soko werden nicht so schnell aufgeben. Aber bis dahin …"

„Und wenn er in der Zwischenzeit abhaut?"

„Hätte er trotzdem kaum eine Chance, in der heutigen Zeit. Abgesehen davon hatte ich nicht den Eindruck, dass er irgendetwas in der Richtung plant."

„Du magst den Mann, oder?"

„Na ja, was heißt mögen? Sagen wir so: Ich wünsche mir, dass er nichts damit zu tun hat. Aber wenn doch, werde ich nicht zögern, ihm Handschellen anzulegen."

Ingrid zog Gruber zu sich heran. „Dann pass aber gut auf dich auf. Mag ja sein, dass er ein netter Kerl ist und unschuldig dazu, aber wenn nicht, wird auch er bestimmt nicht zögern, dich mit allen Mitteln davon abzuhalten."

„Ich werde dran denken."

21

Sie erwischten ihn im Bad, und er war leichte Beute: halbnackt, unbewaffnet und zu Tode erschöpft vom tagelangen Warten, Hoffen und Bangen. Der Mann hinter der Pistole war etwa dreißig und machte auf Janek nicht den Eindruck eines Anfängers. Mehr noch: Drahtig und mit scharf geschnittenen Gesichtszügen entsprach er ziemlich genau der Vorstellung, die er von dem Dealer hatte, den Bosch in Irschenberg ausgeschaltet hatte.

„Mach keinen Blödsinn und keinem passiert was“, sagte der Mann mit ruhiger, akzentfreier Stimme. „Wir wollen nur den Stoff, okay?“

Janek nickte nur.

Der Mann trat einen Schritt zurück und winkte mit der Pistole in den Flur. „Dann komm raus, schön langsam und schön die Hände oben.“

Janek ließ das Handtuch fallen und folgte, die Hände leicht angehoben, dem Mann in den Flur hinaus.

„Und jetzt leg dich auf den Bauch, Hände im Nacken und halt erstmal die Klappe.“

Janek zögerte, blickte sich ungläubig um.

War der Kerl etwa allein oder was ging hier ab? Er schätzte kurz seine Chancen ab, aber der Mann blieb auf Abstand, gab sich keine Blöße.

„Jetzt mach schon“, sagte der andere. „Oder willst du lieber sterben?“

„Wenn du mich erschießt, wie willst du dann an den Stoff kommen?“

Der Mann senkte die Hand mit der Pistole und zielte auf Janeks linken Oberschenkel. „Ich zähle jetzt bis drei. Ab dann kriechst du in deinem Blut hier herum.“

Janek ging auf die Knie, streckte die Arme aus und legte sich bäuchlings auf den Boden, die Hände am Kopf. Die Berührung mit den eiskalten Fliesen brachte seinen schweißnassen Körper zum Zittern. Er hörte, wie der Mann sagte: „Alles klar hier drin. Du kannst sie reinbringen …“

Sie?

Janek musste nicht lange überlegen, um sich ein Bild von der Situation zu machen. Sie, damit konnte nur Boschs Freundin, diese Bernadette Wagner, gemeint sein. Diese Typen hatten sich die Frau geschnappt, und die hatte sie dann direkt zu ihm geführt. Er fluchte innerlich vor sich hin. Wieso hatte er nicht mit dieser Entwicklung gerechnet? War doch klar gewesen, dass die Frau noch Ärger machen würde, so oder so. Jetzt hatte er die Bescherung! Andererseits, was hätte er schon dagegen unternehmen können? Sich im Haus verbarrikadieren und mit dem Finger am Abzug ewig wach bleiben? Er horchte angestrengt, und vernahm nach etwa einer halben Minute Schrittgeräusche. Mindestens zwei weitere Personen betraten von der Stallseite her den Flur.

„Okay, du kannst wieder hochkommen", sagte der Mann.

Janek erhob sich schwerfällig, und sah Bernadette Wagner vor sich, am Arm festgehalten von einem hart blickenden, weißblonden Mann um die Mitte vierzig, ebenfalls mit einer schwerkalibrigen Pistole bewaffnet. Die Frau, nur mit fleckigen Jeans und einem dünnen Pullover bekleidet, sah nicht gut aus. Ihr Gesicht war verschwollen, ihr Haar fett und strähnig. Ihr Blick drückte nackte Angst aus. Janek nahm keine Rücksicht darauf. Er schüttelte nur resigniert den Kopf und sagte: „Wie blöd muss man sein …?"

„Ich …" Die Frau stockte, fing an zu weinen.

„Was ‚ich'?"

„Ich wollte nicht ins Gefängnis …“, erwiderte sie kaum hörbar.

„Na toll …“

„Ich kann dich beruhigen“, sagte der Drahtige zu Janek. „Sie hat’s uns nicht gerade leicht gemacht. Aber im Gegensatz zu den Bullen hatten wir ein paar Möglichkeiten mehr, an sie ranzukommen.“

„Und wie?“, fragte Janek die Frau.

„Ich …“

„Schluss jetzt“, sagte der Drahtige. „Darüber könnt ihr zwei Hübschen euch später unterhalten. Jetzt rück erst einmal den Stoff heraus und dann tun wir alle so, als hätten wir uns nie gesehen.“

Schön wär’s, dachte Janek. Er machte sich keine Illusionen. Sobald die zwei den Stoff hätten, würden sie ihn und die Frau töten. Und danach würden sie das Haus in Brand stecken und so alle Spuren vernichten.

„Ich hab das Zeug nicht hier“, sagte er. „Oder glaubt ihr vielleicht, ich bewahre ein paar Kilo Koks unterm Kopfkissen auf, mit ihr da auf der Flucht und der Aussicht, dass die Bullen jeden Augenblick an die Tür klopfen.“

„Klingt logisch. Und wo ist es dann?“

„Ich hab's vergraben."

„Irgendwo da draußen, schätze ich? Wahrscheinlich mitten im Wald?"

„Genau. Allerdings ein Stück weit entfernt von hier. Wir müssen also ein bisschen marschieren."

Der Drahtige blickte fragend zu seinem Kumpan. „Was meinst du, können wir ihm das glauben?"

„Keine Ahnung, aber ich würd's genauso machen", erwiderte der Blonde.

„Na schön, dann ist ja alles klar", sagte der Drahtige. „Also dann, mein Freund, machen wir uns auf den Weg."

„Aber ich darf mir vorher noch etwas anziehen, oder?", fragte Janek, während er fieberhaft überlegte, wie er die zwei trotz allem austricksen könnte.

„Nichts dagegen", erwiderte der Drahtige. „Sollst ja keine Erkältung kriegen wegen uns."

„Dann muss ich ins Wohnzimmer ..."

„Nur zu. Aber denk dran, eine falsche Bewegung, und deine Freundin hier ist tot."

„Sie ist nicht meine Freundin ..."

„Stimmt. Das hätte ich beinahe vergessen."

Janek ging voran ins Wohnzimmer und

suchte seine verstreut herumliegenden Sachen zusammen, Socken, Unterhemd und Pullover, weiter in Schach gehalten von dem Drahtigen. Die Frau und der Blonde blieben an der Tür stehen und warteten wortlos. Janek bemerkte, wie der Blick des Drahtigen durchs Zimmer wanderte und am Katana-Schwert hängenblieb.

„Was haben wir denn da?", sagte der Mann, steckte seine Pistole in die Jackentasche und zog das Schwert aus der Scheide. Er prüfte mit dem Daumen die Klinge und grinste anerkennend. „Hübsches Spielzeug. Kannst du damit auch umgehen?"

„Gib's mir und ich zeig dir, wie ich damit umgehen kann."

Der Drahtige holte aus und fuchtelte mit Klingenspitze vor Janeks Gesicht herum. Janek verzog keine Miene.

„Wärst wohl gerne ein Samurai geworden, ha, so wie der kleine Tom Cruise in diesem Film?" Der Drahtige kicherte.

Janek schüttelte nur den Kopf.

„Und warum dann das Schwert?"

„Weil's eine wunderschöne Waffe ist, deswegen."

„Stimmt. Aber auch ziemlich nutzlos, wenn …“

„Jetzt hört endlich auf mit dem Blödsinn“, meldete sich der Blonde von der Tür her. „Ich will den Scheiß hier endlich hinter mich bringen.“

Der Drahtige zog das Schwert zurück und blickte Janek auf eine Art und Weise an, die Janek frösteln ließ. Janek verstand: Er würde durch das Schwert sterben. Doch bevor der Drahtige etwas sagen konnte, stieß der Mann an der Tür einen Schrei aus. Janek fuhr herum. Die Frau war verschwunden, ebenso der Blonde. Im nächsten Augenblick krachten im Flur zwei Schüsse.

Janek zögerte keine Sekunde. Er schnellte vor, schlug dem Drahtigen die linke Faust ins Gesicht und entwand ihm das Schwert. Packte das Katana dann mit beiden Händen, wirbelte herum und versetzte dem Drahtigen, der seine Pistole schon halb aus der Tasche gezogen hatte, von der Seite her einen wuchtigen Hieb gegen den Hals. Blut spritzte, und der Kopf des Drahtigen geriet ins Wanken. Aber da war Janek, das Katana an die Schulter erhoben, schon mit ein paar schnellen Schritten an der Tür, wo der

Blonde eben aus dem Flur zurückkehrte, seine Pistole noch im Anschlag.

Janek reagierte sofort: Er schlug blitzschnell zu, auf die Hand mit der Pistole. Erneut spritzte Blut, die Pistole und ein paar Finger fielen zu Boden. Entsetzt starrte der Mann auf seine verstümmelte Hand, bevor sein Blick auf seinen Kumpan fiel, der gekrümmt und mit abgetrenntem Kopf in einer Blutlache dalag. Janek nutzte den Moment und stieß dem Blonden das Katana mitten in die Brust. Der Mann sackte wortlos zusammen. Janek trat über ihn hinweg und blickte in den Flur.

22

Die Frau lag ausgestreckt vor der halb geöffneten Tür am Ende des Flurs und rührte sich nicht. Janek ging mit schweren Schritten hin. Bernadette Wagner war zweimal in den Rücken getroffen. Janek wurde leicht schwindlig, und so setzte er sich neben den leblosen Körper auf den Boden, das Katana weiterhin in der Hand, und starrte wie betäubt vor sich hin. Wie zum Teufel sollte er das jemals wieder in Ordnung kriegen? Er kam sich vor wie jemand, dem sein Arzt gerade eröffnet hatte, dass er nur noch wenige Monate zu leben habe. Krebs. Inoperabel. Nur noch Zeit, um seine Angelegenheiten zu regeln.

Nach einer Weile legte er das Schwert aus der Hand und fuhr der Toten mit den Fingerspitzen behutsam über die Schulter. Trotz seiner Misere, trotz der Tatsache, dass ihn erst die Frau in diese Lage gebracht hatte, fühlte er eine Art von Trauer. Wieso, verdammt noch mal, hatte sie nicht auf ihn gehört?

Schließlich raffte er sich auf und schleppte sich zurück ins Wohnzimmer. Sank auf die Couch und blickte ungläubig auf das blutige

Chaos, das er angerichtet hatte. Er brauchte ein paar Minuten, bis er wieder klar denken konnte. Er bedauerte nichts. Er war noch am Leben, und nur das zählte. Aber in seine Erleichterung mischte sich die bittere Erkenntnis, dass die Sache damit noch längst nicht ausgestanden war. Denn die zwei hatten höchstwahrscheinlich nicht auf eigene Faust gehandelt, sondern waren geschickt worden. So wie der Typ in Irschenberg geschickt worden war, um den Stoff zu übernehmen. Er hatte also zwei Handlanger ausgeschaltet, mehr nicht. Zwei Typen fürs Grobe. Es musste also noch andere geben, einen Boss oder Auftraggeber oder wen auch immer. Jedenfalls jemanden, der über alles Bescheid wüsste. Und sich demnächst fragen würde, wo seine Jungs wohl abgeblieben waren.

Wie aufs Stichwort klingelte in der linken Jackentasche des Drahtigen ein Handy. Janek zögerte kurz, bevor er aufstand, das Katana-Schwert auf dem Couchtisch ablegte und mit spitzen Fingern den Apparat herauszog. Keine Nummer auf dem Display.

„Ja?“

„Albin, bist du das?“

„Ja“, erwiderte Janek. „Wo bist du?“

Keine Antwort.

„Wer spricht da?“, kam die Stimme wenige Sekunden später wieder.

„Wer wohl …“

„Was ist mit Albin?“

„Der kann gerade nicht.“

„Und wieso nicht?“

Janek blickte zu dem Leichnam. „Er ist gerade ein wenig kopflos, würde ich sagen.“

„Was?“

„Wer sind Sie? Was wollen Sie?“

„Was ich will? Ich will wissen, was passiert ist, du Arschloch. Ich hab Schüsse gehört.“

Janek zuckte zusammen. Auch das noch! Er beugte sich erneut über den Toten, packte ihn mit seiner freien Hand am Kragen seiner blutbesudelten Lederjacke und hievte den Körper auf die linke Seite. Fischte die Pistole aus der anderen Jackentasche und sah sich nach Deckung um. War der Scheißkerl etwa schon im Haus? Er huschte zur Tür und machte im Wohnzimmer das Licht aus. Schon besser. Er überprüfte schnell die Waffe, eine 8-schüssige SIG-Sauer 9 mm, und behielt sie in der rechten Hand, hielt sich mit der anderen das Handy ans linke Ohr. Er sagte: „Sind Sie noch da?“

„Natürlich bin ich noch da …“

„Und wo genau?“

Keine Antwort.

„Hören Sie“, sagte Janek, „wieso kommen Sie nicht einfach rein und wir klären das hier und jetzt.“

Keine Reaktion.

Was jetzt? Janek überlegte, ob er versuchen sollte, den Kerl aufzustöbern, verwarf den Gedanken aber gleich wieder. Ein Feuergefecht im Freien, das würde nicht unbemerkt bleiben. Und genau das könnte er sich nicht leisten. Aber noch länger mit dem Handy am Ohr hier herumsitzen und spekulieren, was der andere unternehmen könnte?

„Was immer passiert ist, ich will meinen Stoff zurück“, kam die Stimme wieder.

„Und Ihre Männer?“

„Was ist mit ihnen?“

„Sie haben gekündigt. Für immer …“

„Alle beide?“

„Alle beide.“

„Und die Frau?“

„Die ist auch tot.“

Wieder Pause. Dann: „Ich hab aber nur zwei Schüsse gehört …“

„Ich hab auch keinen von ihnen erschossen, um genau zu sein."

„Was dann?"

„Ich sag doch, kommen Sie rein und sehen Sie selbst nach."

„Du kleiner Scheißkerl ..."

„Ich hab's nicht darauf angelegt ..."

„Das sehe ich ein bisschen anders."

„Ist aber so."

„Okay. Aber vielleicht können wir uns trotzdem einigen?"

„Kommt darauf an ..."

„Dann hör zu: Ich weiß, dass dieser Bosch dich dazu erpresst hat, bei dem Überfall mitzumachen, dass du an dem Stoff nicht interessiert warst. Das wäre doch eine Basis für einen Deal, findest du nicht?"

„Schon möglich ..."

„Eben. Also hier mein Vorschlag: Du lässt die drei verschwinden, und zwar so, dass sie nicht bei der erstbesten Gelegenheit von irgendeinem Spaziergänger gefunden werden, gibst mir den Stoff zurück, und ich vergesse, dass es dich gibt. Was hältst du davon?"

Janek zögerte kurz. Das hörte sich besser an, als er erwartet hatte. Sehr viel besser sogar.

Aber war dem Kerl auch zu trauen? Eher nicht. Vielleicht wollte er nur Zeit gewinnen, um ihn bei nächst bester Gelegenheit platt zu machen. Er sagte: „Könnte man darüber reden, ja …"

„Herrgott noch mal, was willst du denn noch? Schon vergessen, wer mit dem ganzen Scheiß angefangen hat?"

Janek ging nicht darauf ein. „Und deine Leute?", fragte er stattdessen. „Gibt es niemanden, dem sie fehlen werden, Familie, Freunde, Bekannte?"

„Das schon, aber das werde ich schon irgendwie hinkriegen. Wird mich zwar einiges kosten, aber mach dir deswegen mal keinen Kopf."

„Okay, dann lass mir Zeit bis morgen, einverstanden?"

„Wieso bis morgen, verdammt noch mal?"

„Weil ich das Zeug nicht im Haus hab, deswegen."

„Gut. Ich ruf dich morgen Mittag wieder auf diesem Handy an …"

„Alles klar."

23

Janek saß noch eine Zeitlang da und starrte ins Leere. Als er halbwegs überzeugt davon war, dass ihm vorläufig keine Gefahr mehr drohte, raffte er sich auf, stolperte in die Küche und stellte mit zittrigen Fingern die Kaffeemaschine an. Jetzt nicht den Kopf verlieren, dachte er, und hätte beinahe geschmunzelt über diesen Anflug schwarzen Humors.

Der Mann am Telefon hatte ganz vernünftig geklungen, richtig geschäftsmäßig. Blieb die Frage, ob er auch weiterhin vernünftig sein würde, ob er den Verlust seiner Männer einfach abschreiben und sich damit zufrieden geben würde, den Stoff zurückzubekommen. Vermutlich nicht. Janek setzte sich mit seiner Tasse Kaffee an den Tisch und überlegte weiter. Aber gab es überhaupt eine Alternative? Gab es einen anderen Weg, als den Saustall hier aufzuräumen und den Deal abzuwickeln? Wenn nicht schon die Polizei hinter ihm her wäre und er sich frei bewegen könnte, vielleicht. Dann würde er, nachdem er die drei Leichen sicher unter die Erde gebracht hätte, sein Bündel packen, das Kokain nehmen und sich damit aus dem Staub machen. Aber so ... Er entschied, erst einmal abzuwarten und zu tun, was getan werden musste.

Was also müssten seine nächsten Schritte sein? Die Leichen müssten verschwinden, ganz klar. Und zwar möglichst für immer. Aber wie und wo? Verbrennen, so wie den Kombi? Irgendwo abladen, mit Benzin übergießen und anstecken? Wäre eine Möglichkeit, aber dazu bräuchte er ein anderes Fahrzeug und es bestünde immer die Gefahr, dass er dabei beobachtet würde. Er hatte einmal Glück gehabt, aber das konnte sich schnell ändern. Ganz abgesehen davon, dass der Fund von drei Leichen die Polizei erst richtig rebellisch machen würde. Und hatte nicht auch der Typ, mit dem er gerade telefoniert hatte, darauf bestanden, dass die Leichen spurlos verschwinden?

Nein, verbrennen ging also nicht, zu riskant. Also vergraben. Aber auch da müsste er erstmal eine Stelle ausfindig machen, die dafür geeignet war. Und dauern würde es auch, bis er ein Loch ausgehoben hätte, das tief und groß genug war. Von der Frage, wie er die Leichen dorthin schaffen könnte, ganz zu schweigen.

Probleme, nichts als Probleme. Janek erhob

sich schwerfällig, ging ins Badezimmer hinüber und rieb sich kaltes Wasser übers Gesicht. Jetzt nicht schlappmachen, befahl er sich. Du bist am Leben und hast noch alle Chancen. Zumal von der Polizei vorerst nichts zu befürchten war, wie er hoffte. Denn hätten die weiter das Haus observiert, wären sie wohl längst aufgekreuzt. Und dann gute Nacht.

Zurück im Flur, zog er Schuhe an und schlüpfte in seinen Anorak, ehe er durch die Hintertür ins Freie schlich und mit Albins Pistole in der Hand das Haus vorsichtig umrundete. Aber nichts. Keine Spur von dem dritten Mann. Als er wieder an der Tür stand, fiel sein Blick nochmals auf den Haufen morscher Balken und Bretter, der an der Rückseite des Hauses gelagert war. Überbleibsel vom Umbau, den der Eigentümer vor etlichen Jahren vorgenommen hatte, als er den leer stehenden Kuhstall in ein zweites, rustikales Wohnzimmer umgewandelt hatte. Janek kam eine Idee. Hier könnte er ungesehen arbeiten, solange er wollte. Das Zeug zur Seite geräumt, könnte er in aller Ruhe entlang der Hauswand ein schön großes Loch graben und die drei Leichen darin versenken. Dann wieder die Balken und

Bretter an ihren Platz gelegt, und nichts würde darauf hindeuten, dass hier drei Menschen begraben lagen.

Genial! Fast beschwingt kehrte er ins Haus zurück, auch wenn ihm klar war, dass in dieser Nacht an Schlaf nicht mehr zu denken war. So schleppte er als Erstes die Leichen nach hinten in das unbenutzte Wohnzimmer, warf eine Decke über sie und machte sich anschließend daran, mit Wasser, Schrubber und Putzlappen die gröbsten Spuren zu beseitigen.

24

„Na endlich", sagte Gruber und stand auf. „Ich hab schon befürchtet, ich muss in Zukunft ohne dich auskommen."

Bischoff lächelte verhalten, drückte sich an ihm vorbei und setzte sich an ihren Schreibtisch.

Gruber blieb stehen und schenkte sich eine Tasse Kaffee ein, während Bischoff ihre Handtasche verstaute, ihren PC in Betrieb setzte und die Post durchsah, die sich auf ihrem Schreibtisch angesammelt hatte. Ganz so, als wäre sie nur übers Wochenende und nicht neun Tage lang weg gewesen.

„Jetzt komm, erzähl schon", sagte Gruber, leicht irritiert über das distanzierte Verhalten seiner Kollegin.

„Gibt nichts zu erzählen", erwiderte Bischoff, ohne Gruber dabei anzusehen. „Jedenfalls nichts Neues. Die Freundin von diesem Bosch ist nach wie vor spurlos verschwunden, sein Komplize ebenfalls, und die zwei Kollegen, die nach Bulgarien geflogen sind, um etwas über diesen Kreutzer herauszufinden, sind ebenfalls mit leeren Händen zurückgekehrt."

„Aber die Soko besteht noch weiter, nehme ich an?“

Bischoff nickte nur.

Gruber trank seine Tasse leer, stellte sie zurück neben die Kaffeemaschine und nahm wieder an seinem Schreibtisch Platz. Er fragte sich, was für eine Laus seiner Kollegin wohl über die Leber gelaufen war. Dass sie unzufrieden und frustriert war, konnte er verstehen. Erst der Tod eines Kollegen, den sie gut gekannt hatte, dann die bislang erfolglose Suche nach dem Komplizen des Täters! Aber was hatte er damit zu schaffen? Er hatte sich seit der geplatzten Observation und seinem Besuch bei Janek aus dem Fall herausgehalten. Er wusste nur, dass weder Dr. Werner noch die zuständige Staatsanwaltschaft in München bis jetzt offiziell Anklage gegen Janek erhoben hatten. Ob dies auf seinen Bericht zurückzuführen war, konnte er schlecht sagen. Aber falls er das missmutige Auftreten seiner Kollegin richtig interpretierte, hatten sich gegen Janek in der Zwischenzeit tatsächlich keine neuen Verdachtsmomente ergeben.

„Manchmal hilft eben nur abwarten“, sagte er schließlich, als Bischoff noch immer keine Anstalten machte, sich zu erklären. „Aber auf lange Sicht haben sie trotzdem keine Chance, wie wir aus Erfahrung wissen. Also mach dir keine unnötigen Vorwürfe."

„Ich mache mir keine Vorwürfe. Das sollten lieber andere tun …"

„Herrgott noch mal." Gruber schlug mit der flachen Hand auf die Tischplatte. „Was ist denn los mit dir? Habe ich dem Janek vielleicht solche Anfänger ins Haus geschickt oder dein Freund Reupold?"

Bischoff warf den letzten Briefumschlag in den Papierkorb und blickte Gruber ungehalten an. „Das nicht, aber du hättest ihm auch nicht alles brühwarm auf die Nase binden müssen. Und wie du mit den beiden Kollegen umgesprungen bist, war auch nicht gerade kollegial, um es mal höflich auszudrücken. Du hast dich mit dem Mann ja fast verbrüdert, habe ich gehört."

Gruber schüttelte den Kopf.

„Verbrüdert, so ein Quatsch. Ich habe ihm nur bestätigt, was er ohnehin bereits gewusst hat. Und zwar nicht von mir, wohlgemerkt."

„Und das hat dich völlig kalt gelassen? Dass er aus den beiden mit Gewalt rausgepresst hat, warum sie dort waren."

„Was da an diesem Abend im Wald passiert ist, daran hatten wohl beide Parteien ihren Anteil."

„Und all das andere? Dass er kein Alibi hat, dass der ausgebrannte Wagen nicht weit von seinem Haus entfernt gefunden wurde, dass es bis Irschenberg auch nicht weit ist ..."

„Sind alles keine Beweise ..."

Bischoff schüttelte nur den Kopf und wandte ihre Aufmerksamkeit dem Bildschirm ihres PC zu, und Gruber beschäftigte sich weiter mit dem Bericht über eine tätliche Auseinandersetzung vor einer Diskothek in Traunreut.

„Du bist also überzeugt davon, dass dein Schauspielerfreund sauber ist?", fragte Bischoff nach einer Weile.

„Was heißt hier überzeugt und Schauspielerfreund?", knurrte Gruber, allmählich selbst ungehalten. „Ich finde seine Erklärung, woher dieser Bosch ihn gekannt haben könnte, jedenfalls absolut schlüssig und all das andere, wie du sagst, können Zufälle sein. Und wie mir scheint, habt ihr seitdem auch nichts mehr herausgefunden, was gegen ihn sprechen würde. Oder wie sonst soll ich deine Rückkehr auffassen?"

Bischoff sagte nichts dazu.

„Also hat auch die Auswertung der Telefongespräche nichts ergeben?", bohrte Gruber nach.

„Nein …"

„Dann verstehe ich wirklich nicht, wieso du dich so aufregst?"

„Ich reg mich nicht auf. Aber ich glaube, ich möchte mit dem Mann selbst noch mal sprechen. Natürlich nur mit deiner Erlaubnis, versteht sich."

Gruber blickte seine Kollegin finster an. „Treib's nicht zu weit, Ulrike …" Er versuchte ein Lächeln. „Sonst lasse ich dich allein zu ihm hinfahren und riskiere, dass er dich ebenfalls in den Schwitzkasten nimmt."

„Sehr lustig …"

Ein Klopfen an der Tür unterbrach sie. Reichert vom KDD steckte seinen Kopf ins Büro.

„Wir haben einen schweren Fall von häuslicher Gewalt", erklärte er. „Der Typ sitzt bereits drüben. Ein Busfahrer namens Sigfried Wanninger aus einem Kaff bei Waging. Hat seiner Frau bei einem Streit ein Messer in den Bauch gerammt."

„Ist es sehr schlimm?", fragte Bischoff.

„Sie wird noch operiert, soviel ich weiß. Aber ich glaube, lebensgefährlich sind die Verletzungen nicht."

„Und was sagt der liebe Gatte dazu?", fragte Gruber.

„Der schweigt sich bis jetzt aus ..."

„Na schön, sprechen wir mal mit dem Herrn", sagte Gruber und stand auf.

Wanninger, ein schwergewichtiger Mann um die Mitte vierzig, war nicht allein im Verhörzimmer. Neben ihm saß ein alter Bekannter von Gruber, Rechtsanwalt Dr. Alfred Parzinger, ein hagerer, stets kränklich aussehender Mann in Grubers Alter. Der Anwalt erhob sich beim Anblick der Beamten; sein Mandant blieb sitzen, die Hände im Schoß und den Blick auf die leere Tischplatte geheftet.

Gruber und Parzinger begrüßten sich, und Parzinger sagte: „Mein Mandant hat entschieden, vorläufig keine Angaben zu dem Vorfall zu machen."

„Vorfall ist gut", sagte Bischoff. „Er hätte fast einen Menschen getötet."

„Sie sollten dem Ergebnis Ihrer eigenen Untersuchungen nicht vorgreifen, Frau Hauptkommissarin. Schließlich wissen wir bis jetzt weder, was genau vorgefallen ist, noch kennen wir die Hintergründe."

„Dann soll er doch den Mund aufmachen ..."

Der Anwalt sagte nichts.

„Verstehe", sagte Gruber. „Er will abwarten, was seine Frau gegen ihn vorbringt und sich dann mit Ihrer Hilfe eine Strategie zurechtlegen."

„Sein gutes Recht, würde ich sagen."

„Vor Gericht würde ihm eine Aussage zum jetzigen Zeitpunkt aber zu Gute kommen", sagte Bischoff.

„Keine Sorge, darüber habe ich ihn bereits aufgeklärt."

„Na schön, ganz wie er will." Gruber zupfte Bischoff am Ärmel. „Fahren wir erst mal ins Krankenhaus ..."

25

Knapp eine Stunde vor dem vereinbarten Zeitpunkt bog Janek in die Zufahrt zum Parkplatz am Café Malerwinkel direkt am Chiemseeufer ein. Er fand eine Lücke, wo er seinen Suzuki so parken konnte, dass er den Platz gut im Blick hatte, stellte den Motor ab und blieb im Wagen sitzen. Er überlegte kurz, ob er eine CD einlegen sollte, entschied sich aber dagegen. In der kommenden Stunde durfte ihn nichts ablenken, nichts auf andere Gedanken bringen. Zwar hatte er in den letzten Tagen nichts bemerkt, was auf eine weitere Überwachung hingewiesen hätte, aber wissen konnte man nie. Vielleicht hatte dieser alte Fuchs von Kommissar seine Meinung inzwischen geändert. Oder die Münchner Soko hatte einen neuen Vorstoß unternommen.

Andererseits war er froh darüber, dass er das Zeug endlich los wurde, dass der Mann, den er gleich hier treffen würde, jetzt keinen Grund mehr hätte, noch ein paar Leute mehr loszuschicken. Ob die Sache damit ausgestanden war, würde sich zeigen. Schätzungsweise nicht, aber immerhin hatte der Mann sich nach einigem Hin und Her einverstanden erklärt, persönlich hier aufzukreuzen. So dass er sich zumindest ein Bild von ihm machen könnte, vielleicht sogar herausfinden könnte, ob der Mann ernsthaft daran interessiert war, nach erfolgter Übergabe das Kriegsbeil zu begraben.

Der erste Wagen, der nach ihm auf den Parkplatz gerollt kam, war ein schwerer Daimler mit Nürnberger Kennzeichen, besetzt mit einem Paar weit über sechzig. Der Mann parkte den Wagen ein Stück weit entfernt ein, die zwei stiegen aus und betraten schnurstracks das Café, ohne einen Blick an Janek zu verschwenden. Auch die nächsten Gäste erschienen ihm unverdächtig: wiederum meist ältere Leute und zudem Touristen, wie er den Autokennzeichen entnahm. Erst ein junges Paar in einem Van mit getönten Scheiben und BGL-Kennzeichen erweckte seine Aufmerksamkeit. Doch die zwei brachten ein plärrendes Kleinkind zum Vorschein und verschwanden damit im Café.

Kurz vor vierzehn Uhr war es dann soweit: Ein anthrazitfarbener BMW mit Münchner Kennzeichen rauschte heran, mit einem etwa vierzigjährigen Mann am Steuer. Janek atmete befreit aus. Das war sein Mann, wie er dank der gespeicherten Daten auf dem Handy von Albin, einem der toten Ganoven, und eigener Nachforschungen herausgefunden hatte: Roland Friesinger, 42, geschieden, keine Kinder, wohnhaft in München-Harlaching und derzeit Geschäftsführer einer Diskothek in der Münchner Innenstadt.

Janek duckte sich und beobachtete, wie Friesinger einparkte, ausstieg und sich mit betont lässiger Haltung umblickte. Ein unauffälliger Typ mit Stirnglatze, bekleidet mit Jeans und Pullover und mit einem braunen Ledertäschchen in der rechten Hand.

Janek blieb noch kurz sitzen und schaute, ob Friesinger vielleicht Begleitschutz mitgebracht hatte. Als er nichts dergleichen bemerkte, stieg er aus und folgte Friesinger ins Café. Er fand ihn an einem Tisch im Gastraum, allein, da alle anderen Gäste auf der Terrasse saßen. Er trat zu ihm und sagte: „Könnte es sein, dass wir hier verabredet sind?"

„Wenn Sie der sind, auf den ich warte …", erwiderte Friesinger.

Janek nickte zufrieden und setzte sich. Vor ihm saß eindeutig der Mann, mit dem er mehrmals telefoniert hatte. Sie musterten einander. Janek war beinahe enttäuscht. Nichts an seinem Gegenüber hätte auf einen hochkarätigen Drogendealer verwiesen. Höchstens das leicht narbige Gesicht, das ihm einen Hauch von Verwegenheit und Abenteuer verlieh. Ansonsten sah er aus wie ein ganz gewöhnlicher Geschäftsmann, der trotz seines Alters auf jugendlich machte.

„Sie haben mich ganz schön in die Bredouille gebracht, das wissen Sie hoffentlich", sagte Friesinger.

„War nicht meine Absicht", sagte Janek.

„Was zählt, ist nicht die Absicht, sondern das, was dabei herauskommt, finden Sie nicht?"

Janek sagte nichts.

„Dieser Bosch hatte Sie also wegen einer früheren Sache in der Hand", sagte Friesinger. „Darf ich fragen, um was es sich dabei gehandelt hat?"

„Hat Ihnen das die Frau nicht erzählt?"

„Schon möglich. Ich würde es trotzdem gerne von Ihnen hören …"

„Er hat gedroht, mich an einen Mann zu verpfeifen, den wir vor langer Zeit mal ausgeraubt haben."

„Und vor diesem Mann hatten Sie solche Angst, dass Sie alles aufs Spiel gesetzt haben?“

„Nicht vor dem Mann persönlich. Aber vor seinem Clan. Kommen alle aus dem Libanon. Die hätten vermutlich kurzen Prozess mit mir gemacht.“

„Sie haben also nur mitgemacht, um die eigene Haut zu retten?“

„Ja, so könnte man es ausdrücken ...“

„Sehen Sie, genau deswegen war ich auch bereit, mich hier mit Ihnen zu treffen. Sie haben nur getan, was Sie tun mussten. Soll ich Ihnen deswegen Vorwürfe machen? Ich denke nicht ...“

Janek sagte nichts dazu.

Die Bedienung trat an ihren Tisch und blickte Janek fragend an. „Sie wünschen bitte?“

„Einen Cappuccino bitte.“

„Mit Milch oder Sahne?“

„Mit Milch.“

„Für mich das gleiche“, sagte Friesinger.

„Danke.“ Die Bedienung wandte sich ab und ging hinaus auf die Terrasse, um weitere Bestellungen aufzunehmen.

„Aber offen gesagt, war ich doch ziemlich verwundert, dass Sie nach dem Überfall im

Lande geblieben sind", sagte Friesinger weiter. „Das war doch ein ziemliches Risiko für Sie?"

„Schon möglich …"

„Na schön, dann kommen wir jetzt zur Sache: Haben Sie die Ware bei sich?"

„Habe ich. Allerdings frage ich mich, wie es dann weitergeht."

„Dann weitergeht?", wiederholte Friesinger und blickte Janek verständnislos an. „Was meinen Sie damit?"

Janek blickte kurz auf den See hinaus. Fragte sich erneut, ob die Sache mit der Übergabe wirklich abgeschlossen wäre. Wohl kaum. Friesinger wollte den Stoff zurück, klar. Aber würde er sich auf Dauer damit zufrieden geben? Dass er im Augenblick so tat, als würde er Verständnis aufbringen für das, was geschehen war, war nicht verwunderlich. Er wollte erst einmal retten, was noch zu retten war, und dann weitersehen. Janek sagte: „Nun ja, vielleicht sind Sie im Augenblick ja wirklich entschlossen, mich zu vergessen, sobald Sie das Zeug in den Händen haben. Aber irgendwann werden Sie sich garantiert Gedanken machen, ob ich nicht doch eine Gefahr für Sie bin. Ob es wirklich klug wäre, mich weiter am Leben zu lassen."

„Wir haben einen Deal, und der steht. Mein Wort darauf."

„Das ist nicht der Punkt. Sie tun zwar so, als könnten Sie's verkraften, den Verlust Ihrer Leute, den Ärger, den Sie deswegen vermutlich hatten, die Tatsache, dass ich weiß, wer Sie sind, was aber alles nichts daran ändern dürfte, dass Sie eine Stinkwut auf mich haben. Nicht zuletzt deswegen, weil Leute wie Sie auch ihren Stolz haben. Und das sind nur die vergleichsweise rationalen Gründe. Wer weiß, was sonst noch alles in Ihnen rumort und nur auf eine Gelegenheit zum Ausbruch wartet. Vielleicht können Sie es gar nicht erwarten, mich in die Finger zu kriegen, um mich anschließend bei lebendigem Leib in Stücke zu schneiden."

„Ich fürchte, Sie haben zu viele Mafiafilme gesehen …"

„Ich bin nur Realist."

„Und was heißt das jetzt?"

„Das heißt, dass ich mir die Sache vielleicht noch mal durch den Kopf gehen lassen sollte."

„Ach ja …?"

„Ja. Vielleicht wär's klüger, ich würde den Stoff losschlagen und mit der Kohle verschwinden."

„Und damit alles sausen lassen, was Sie sich bisher aufgebaut haben? Das kann doch nicht Ihr Ernst sein."

„Wenn das Leben davon abhängt, warum nicht?"

„Und wie weit, glauben Sie, würden Sie dabei kommen?" Friesinger lächelte kalt. „Dann hätte ich nämlich wirklich einen Grund, auf Sie loszugehen. Ich bin zwar nur ein kleiner Fisch in dem Geschäft, aber ich kenne überall Leute, die wiederum Leute kennen und so weiter. Vielleicht würden Sie ein, zwei Jahre durchhalten, aber letzten Endes würden Sie mit einer Kugel im Kopf enden."

„Vielleicht. Vielleicht wär's aber auch den Versuch wert."

Friesinger schüttelte den Kopf. Er schien langsam ungeduldig zu werden. Er sagte: „Was wollen Sie eigentlich, Herr Janek? Sie verlangen nach Sicherheiten, wo es keine Sicherheiten geben kann, nicht in diesem Leben. Sie haben sich auf diese Sache eingelassen, jetzt müssen Sie auch die Konsequenzen tragen. Aber ich bin Geschäftsmann, kein Unmensch. Und wenn die Dinge mal nicht so laufen, wie ich es gerne hätte, versuche ich, den Schaden zu begrenzen, mehr nicht. Gefühle spielen für mich da keine Rolle."

Janek nickte. „Ich werde mich jedenfalls absichern", sagte er schließlich. „Falls mir irgendetwas passiert."

„Tun Sie das, mein Freund." Friesinger erhob sich abrupt. „Aber jetzt kommen wir zum Geschäft, einverstanden?" Er deutete auf das Tablett mit dem Kaffee, das die Bedienung soeben auf dem Tisch abgestellt hatte. „Die Rechnung überlasse ich Ihnen."

„Tut mir leid, aber wir haben's eilig", sagte Janek. Er holte seine Brieftasche heraus, drückte der Bedienung einen Zehneuroschein in die Hand und folgte Friesinger auf den Parkplatz hinaus. An seinem Suzuki angekommen, warf er einen letzten prüfenden Blick über den Platz, bevor er den Wagen aufsperrte und den Rucksack mit dem Kokain unter dem Beifahrersitz hervorzog.

„Und Sie haben auch sicher nichts davon abgezweigt?", fragte Friesinger. „Nur für den Hausbedarf vielleicht?"

Janek sagte nichts. Er übergab Friesinger den Rucksack und blieb bei seinem Wagen stehen, bis der BMW an ihm vorbeigefahren und nach links in die Straße eingebogen war. Das wäre gelöst, dachte er, jedenfalls fürs Erste. Aber die Rechnung war noch längst nicht beglichen, das spürte er.

26

Gruber und Bischoff mussten fast eine Stunde lang warten, bis sich eine Krankenschwester bei ihnen meldete und sie bat, sich auf Station 3 zu begeben.

„Aber nur ein paar Minuten", erklärte der Arzt, der sie bis zur Tür des Krankenzimmers begleitete, in dem Anneliese Wanninger lag. „Sie hat ziemlich viel Blut verloren."

„Wie geht es ihr denn?", fragte Bischoff.

„Sie hat Riesenglück gehabt. Einen Zentimeter weiter, und er hätte ihr die Bauchschlagader durchtrennt. Und ich möchte lieber nicht wissen, in welchem Zustand sie hier angekommen wäre. Den genauen Befund und den OP-Bericht erhalten Sie morgen."

„Vielen Dank, Herr Doktor", sagte Gruber und folgte Bischoff ins Zimmer.

Die etwa vierzigjährige Frau, die mit aufgelöstem Haar und bleichem Gesicht vor ihnen im Bett lag, musterte die Beamten mit leicht benommenem Blick. „Polizei?", fragte sie zaghaft.

„Kripo Traunstein", erklärte Gruber. „Mein Name ist Andreas Gruber, das hier ist meine Kollegin Ulrike Bischoff."

„Wir hätten nur ein paar Fragen“, sagte Bischoff. „Fühlen Sie sich dazu imstande …?“

„Ja, ich glaube schon.“

„Nun, Sie haben dem Notarzt gegenüber angegeben, dass Sie Streit mit Ihrem Mann hatten, der dabei auf Sie eingestochen habe, stimmt das?“

Die Frau schloss kurz die Augen.

„Nein, so war es nicht“, erwiderte sie dann mit kaum hörbarer Stimme.

„Wie bitte?“

„Das mit dem Streit stimmt. Er hat böse Sachen zu mir gesagt, den ganzen Vormittag schon …“

„Was für Sachen?“

„Die … die möchte ich jetzt nicht wiederholen.“

„Verraten Sie uns dann wenigstens, wieso er das gesagt hat?“, fragte Gruber.

„Er glaubt, dass ich ein Verhältnis mit einem anderen Mann habe.“

„Und, haben Sie?“

Die Frau schüttelte den Kopf. „Nein …“

„Na schön, er hat Sie also provoziert und beleidigt“, sagte Bischoff. „Und was ist dann geschehen?“

„Dann habe ich ein Küchenmesser, das auf dem Tisch herumlag, genommen und gesagt, wenn er nicht aufhört damit, steche ich zu."

„Und weiter?", fragte Bischoff.

„Er hat versucht, mir das Messer abzunehmen. Und dabei ist es dann passiert."

Gruber schüttelte ungläubig den Kopf. „Sie wollen uns also weismachen, dass er Ihnen das Messer abnehmen wollte und Ihnen bei dem Handgemenge dann versehentlich zwei Stiche in den Bauch versetzt hat?"

„Ja. Genauso war es."

Gruber und Bischoff wechselten einen Blick.

„Haben Sie beide Kinder?", fragte Bischoff.

„Ja, drei."

„Und wie kommt Ihr Mann auf den Gedanken, dass Sie ein Verhältnis haben?"

„Das weiß ich nicht …"

„Na schön, ruhen Sie sich erstmal aus", sagte Gruber. „Und dann denken Sie noch mal über alles nach, okay?"

„Das muss ich nicht. So war es …"

„Gut, ganz wie Sie wollen. Gute Besserung noch."

Gruber nickte der Frau zu, und folgte Bischoff in den Flur hinaus.

„Ist doch nicht zu fassen“, sagte Bischoff auf dem Weg zur Treppe. „Dieser Mistkerl sticht zweimal auf sie ein und sie verteidigt ihn auch noch. Oder glaubst du ihr etwa diesen Scheiß?“

„Möglich wär’s natürlich. Aber so wie der Kerl sich verhält, eher nicht. Der kennt seine Frau, und deswegen hält er auch die Klappe.“

„Und was machen wir jetzt?“

„Was können wir schon machen? Wenn sie bei ihrer Aussage bleibt, haben wir nicht viel gegen den Mann in der Hand. Aber warten wir mal ab, wie die Staatsanwaltschaft die Sache sehen wird.“

27

„Danke und einen schönen Tag noch, Herr Janek", sagte die Verkäuferin, während sie Janek das Wechselgeld reichte.

Janek nickte nur, nahm seine Tüte mit dem Brot und ging hinaus zu seinem Suzuki. Beim Einsteigen bemerkte er eine jüngere Frau mit halblangen, dunklen Haaren, die in einem gegenüber dem Café geparkten roten Mini Cooper saß und ihn zu beobachten schien. Zu spät, Leute, dachte er, der Deal ist längst gelaufen. Er behielt die Frau dennoch im Auge und wollte gerade den Zündschlüssel umdrehen, als sie unvermutet ausstieg und auf ihn zukam. Eine Frau von etwa Ende dreißig, durchaus attraktiv, aber nachlässig gekleidet und mit einem leicht verbitterten Gesichtsausdruck. Er zog die Hand vom Zündschlüssel zurück und kurbelte das Seitenfenster runter.

„Herr Janek ..."

„Kennen wir uns?"

„Nicht persönlich." Die Frau lächelte unsicher. „Aber ich habe schon viel von Ihnen gehört."

„Ach ja? Sonst noch was?"

„Ja. Ich würde gerne kurz mit Ihnen sprechen."

„Und worüber, wenn ich fragen darf?"

„Tja, wie soll ich das erklären …" Die Frau blickte kurz die Straße rauf und runter. „Sagen wir mal so: Ich war vor bald zwanzig Jahren mal kurz mit einem Mann verheiratet, den Sie gut kennen. Oder besser gesagt: Gekannt haben."

Janek lief es eiskalt über den Rücken.

„Und wer soll das sein?", fragte er.

„Sie wissen, von wem die Rede ist."

„Nein, weiß ich nicht. Also klären Sie mich bitte auf …"

Die Miene der Frau verfinsterte sich. „Ich kann auch gleich zur Polizei gehen und die zehntausend Euro Belohnung kassieren."

„Belohnung kassieren für was? Dass ich mal jemanden gekannt habe, mit dem Sie verheiratet waren?"

„Jetzt tun Sie doch nicht so. Sie wissen ganz genau, wen ich meine. Er hat viel von Ihnen gesprochen. Hat Sie geradezu bewundert und öfter gesagt, dass Sie der coolste Typ wären, den er kennen würde. Und ich weiß auch, dass ihr zwei ein paar Dinger gedreht habt, von denen man nie etwas in der Zeitung gelesen hat, weil die Opfer selbst Kriminelle waren und die Sache nicht der Polizei gemeldet haben. Zum Beispiel den Überfall auf diesen Schmuckhändler, bei dem er verletzt wurde. Möchten Sie noch mehr hören?"

Janek biss sich auf die Lippen und schwieg eine Weile, um das eben Gehörte zu verdauen. Dieses Arschloch von Bosch! Aber wie hatte diese Bernadette Wagner gleich gesagt: Im Bett hält keiner den Mund! Und jetzt? Hatte er anfangs den Verdacht gehabt, die Frau könnte eine Undercover-Agentin sein, die ihn zu einer unbedachten Äußerung verleiten wollte, war er nun überzeugt davon, dass sie die Wahrheit sprach. Bosch und verheiratet, wer hätte das gedacht! Er schüttelte verwirrt den Kopf. Es war nicht zu fassen. Kaum hatte er ein Problem gelöst, tauchte schon das nächste auf.

„Ich wusste nicht mal, dass er verheiratet war", murmelte er schließlich.

„Das haben die wenigstens gewusst. Hat ja auch nicht lange gedauert, keine zwei Jahre."

„Haben Sie auch einen Namen?"

„Sie können mich Bettina nennen ..."

„Okay, Bettina, dann zurück zur Preisfrage: Was wollen Sie?"

„Ein bisschen Geld, was sonst?"

„Ich habe mit der Sache am Irschenberg nichts zu schaffen, wenn es das ist, worauf Sie hinaus wollen. Ich bin jetzt Schauspieler, schon vergessen?"

„Na und? Sind Sie damit etwas Besonderes? Sind Schauspieler etwa Heilige? Die meisten von euch müssen doch nebenbei jobben, um über die Runden zu kommen."

„Sie sind trotzdem auf dem Holzweg …"

„Das glaube ich nicht. War doch genau Ihre Handschrift, würde ich sagen. Sie tricksen die Bullen aus, entkommen als Einziger und niemand verdächtigt Sie. Genau wie damals."

„Das ist lange her."

„Das kann schon sein. Aber ich möchte fast wetten, dass Sie für die Tatzeit kein Alibi haben. Und wenn das die Bullen erfahren und meine Aussage dazu hören, möchte ich nicht in Ihrer Haut stecken."

„So, meinen Sie?"

„Ja. Aber noch haben Sie ja die Wahl …"

Janek überlegte fieberhaft. Sollte er auf stur schalten, mit drei verscharrten Leichen hinter dem Haus? Sollte er sagen: Nur zu, Bettina, schicken Sie mich ins Gefängnis. Aber ich habe drei Kilo Koks im Wert von einer halben Million auf der Seite. Genug Geld, um vorher noch einen erstklassigen Mietkiller auf Sie anzusetzen. Oder sollte er lieber klein beigeben? Immerhin hatte er bis jetzt glaubhaft abstreiten können, Bosch zu kennen. Aber wenn diese Frau hier ihre Aussage machte, könnte es eng werden. Verdammt eng sogar. Schön, vielleicht hätte er Glück und die Leichen blieben unentdeckt, aber der Verdacht würde an ihm hängen bleiben wie ein schlechter Geruch und seine Karriere ruckzuck beenden. Und was sein spezieller Feind, dieser Friesinger, dann unternehmen würde, nein, müsste, konnte er sich ausmalen.

„Und an wie viel Geld haben Sie dabei gedacht?“, fragte er.

„Hunderttausend. Und damit kommen Sie noch gut davon, würde ich sagen.“

„Und dabei würde es dann auch bleiben?“

„Ja. Bestimmt.“ Es klang nicht sehr überzeugend.

Janek entschied, auf das Spiel einzugehen, der Frau Hoffnung zu machen. Irgendwann müsste er die drei Leichen sowieso endgültig entsorgen, also warum nicht sofort. Alles, was er dazu bräuchte, wären etwas Zeit und Bewegungsfreiheit. Und wäre das geschehen, könnte er sich um diese Dame hier kümmern. Er sagte: „Einverstanden, Bettina. Aber Sie müssen ein wenig Geduld haben. Ich kann das Zeug im Augenblick nicht losschlagen, viel zu gefährlich. Das verstehen Sie doch sicher?"

„Und wie lange?"

„Ein, zwei Monate mindestens …"

Die Frau verzog abweisend das Gesicht. „Dann möchte ich wenigstens eine Anzahlung. Sagen wir: Zehntausend …"

„Sagen wir: Fünftausend, okay?"

„Und wann?"

Bevor Janek antworten konnte, erblickte er einen heranfahrenden Wagen, der ihm bekannt vorkam. Einen blauen Peugeot älteren Bautyps, wie ihn dieser Kommissar Gruber fuhr. Er schaute genauer hin, und erschrak. Es war tatsächlich Gruber, neben sich seine Kollegin Bischoff.

„Ich würde vorschlagen, Sie verschwinden jetzt, und zwar schnell", sagte er. „Und wenn's geht, zu Fuß. Da kommt nämlich die Polizei. Und lächeln Sie, verdammt noch mal.

28

„Da steht ja sein Wagen“, sagte Gruber und bremste ab, bis er auf Höhe des Suzuki zum Stehen kam.

Die dunkelhaarige, etwa vierzigjährige Frau, die bei Janek am Wagen stand, blickte kurz zu ihnen her, bevor sie ihnen den Rücken zukehrte und in Richtung Café davonging.

Bischoff ließ das Seitenfenster runter und rief Janek zu: „Hallo Herr Janek. Könnten wir kurz mal mit Ihnen sprechen, am besten bei Ihnen zuhause?“

„Klar. Fahren Sie mir einfach hinterher.“

Janek wartete, bis Gruber auf der Straße gewendet hatte und fuhr dann los. Gruber folgte ihm.

„Die Frau kam mir irgendwie bekannt vor“, sagte Bischoff auf etwa halbem Weg die Anhöhe hoch.

„Vielleicht eine Kollegin von ihm“, sagte Gruber. „Hier am Chiemsee wohnen ja noch ein paar mehr Schauspieler außer ihm.“

„Ja, vielleicht.“

Am Haus angekommen, parkte Gruber hinter Janeks Suzuki ein, sie stiegen aus und stellten sich zu Janek, der an der Haustür mit undurchdringlicher Miene auf sie wartete.

„Schön haben Sie's hier", sagte Bischoff. „Richtig feudal. Alleinlage, Blick auf den See und die Chiemgauer Alpen …"

„Stimmt", erwiderte Janek. „Aber wie Sie vermutlich wissen, habe ich das Haus nur gemietet."

„Aber Sie wünschen sich bestimmt, auch einmal so ein Anwesen zu besitzen, oder?"

Janek schüttelte den Kopf. „Eher nicht. Macht nur Arbeit und hält einen fest … Aber gut, gehen wir doch rein."

Janek sperrte auf, und sie betraten hintereinander das Wohnzimmer. „Ich dachte eigentlich, es wäre schon alles geklärt", sagte Janek. „Oder haben Sie noch jemanden ausfindig gemacht, der glaubt, dass er mich mit diesem Bosch in Verbindung bringen kann?"

„Das nicht gerade", sagte Gruber, „aber meine Kollegin hier …"

„Ich will ganz offen zu Ihnen sein, Herr Janek", sagte Bischoff, nachdem sie sich kurz umgesehen hatte. „Mir schmeckt das nicht, dass dieser Bosch Sie kannte, aber Sie sich angeblich nicht an den Mann erinnern können.

Und erst recht schmeckt mir nicht, dass der Wagen dieser Gangster keine zwanzig Kilometer entfernt von hier abgestellt und in Brand gesteckt wurde. Von der Tatsache, dass Sie für den betreffenden Abend kein Alibi vorweisen können, ganz zu schweigen. Ach ja, und nicht zu vergessen das Intermezzo mit den beiden Kollegen von der Fahndung, das auch nicht gerade das beste Licht auf Sie wirft."

Janek deutete zum Fenster hinaus. „Etwas schwierig, sich hier draußen ein Alibi zu verschaffen, finden Sie nicht?"

„Das kann schon sein. Trotzdem wäre mir wohler zumute, wenn Sie ein wenig mehr zu bieten hätten als einen ruhigen Abend allein zuhause."

Janek lächelte schief. „Tut mir leid, aber für das Wohlergehen der Polizei fühle ich mich nun wirklich nicht zuständig."

Bischoff wandte sich ab und betrachtete eines der wenigen Bilder an den Wänden, ein gerahmtes S/W-Foto neben der Tür zur Küche, das eine junge Frau mit langen blonden Haaren zeigte, auf der Terrasse eines Strandrestaurants irgendwo im Süden. „Ihre Freundin?", fragte sie.

„Ex-Freundin“, erklärte Janek.

„Und warum haben Sie das Foto dann nicht abgenommen?“

„Weil ich eine sehr schöne Zeit mit ihr hatte, deswegen.“

„Und, gibt es schon eine Neue?“

„Wieso? Wollen Sie mir eine vermitteln?“

„Ist das die Frau, von der Sie mir erzählt haben?“, mischte sich Gruber ein. „Diese Regisseurin, ich glaube, ihr Name war Sigrid?“

„Ja.“

„Eine sehr schöne Frau …“

„Danke.“

„Darf ich Sie mal was Persönliches fragen?“, wandte sich Bischoff wieder an Janek.

„War das eben nicht persönlich genug? Aber bitte, nur zu …“

„Sind Sie eigentlich zufrieden mit dem, was Sie so machen?“

„Sie meinen, weil ich früher mal ein harter Bursche war und jetzt nur so tun darf?“

„Ja, zum Beispiel …“

„Offen gesagt, sehe ich da keinen allzu großen Unterschied: Man muss immer eine gute Show abziehen, ob auf der Straße oder vor der Kamera …“

„Oder vor der Polizei!"

„Warum nicht? Wenn die Wahrheit Stoff für eine gute Show hergibt …"

Gruber bemerkte aus dem Augenwinkel eine Veränderung an seiner Kollegin. Sie stand plötzlich steif wie ein Brett da, die Augen zusammengekniffen, und schien sich auf etwas zu konzentrieren. Doch bevor er fragen konnte, was los war, sagte sie hastig: „Ich muss kurz mal telefonieren …", und verschwand zur Tür hinaus.

„Hat Ihre Kollegin eigentlich einen besonderen Grund, weswegen sie so scharf darauf ist, mir etwas anzuhängen?", fragte Janek, bevor die Stille peinlich wurde.

„Nicht, dass ich wüsste. Aber nachdem die Kollegen von der zuständigen Sonderkommission noch immer mit leeren Händen dastehen, nimmt sie es mit Ihnen jetzt besonders genau."

„Tja, ich kann mich nur wiederholen …" Janek ließ den Satz unvollendet, ging in die Küche nebenan und legte die Tüte mit seinen Einkäufen auf den Tisch.

„Hatten Sie schon Zeit, sich den Film anzusehen?", fragte er.

Gruber schüttelte den Kopf. „Leider nicht. Aber ich hoffe, am Wochenende …“

Bischoff stand wieder in der Tür und winkte Gruber aufgeregt zu. „Wir müssen weg. Wiedersehen, Herr Janek.“

Gruber nickte Janek freundlich zu und beeilte sich, seiner Kollegin zu folgen, die bereits im Wagen saß, als er ins Freie trat. Er setzte sich ans Steuer und startete den Motor.

„Du hast doch die Frau gesehen, die vorhin bei Janek am Wagen stand?“, fragte Bischoff aufgeregt, kaum dass er gewendet hatte.

„Ja, die Dunkelhaarige …“

„Genau. Und mir ist eben eingefallen, wo ich diese Frau schon mal gesehen habe. Allerdings ein gutes Stück jünger und hübscher.“

„Und wo? Jetzt mach's nicht so spannend.“

„Auf einem Foto zusammen mit Bosch.“

„Ich verstehe kein Wort …“

„Dann pass auf: An meinem ersten Tag in München habe ich einen Teil der Sachen zu Gesicht bekommen, die man aus Boschs Wohnung zur Überprüfung ins Präsidium geschafft hat. Und darunter war auch ein Foto, das Bosch mit eben dieser Frau gezeigt hat, aber vor gut zwanzig Jahren aufgenommen. Aber Reupold wusste damals noch nicht, um wen es sich dabei gehandelt hat. Aber jetzt habe ich von ihm erfahren, dass die Frau mal mit Bosch verheiratet war und Bettina Zimmermann heißt." Sie holte tief Luft und schaute Gruber an. „Was sagst du jetzt?"

„Nicht viel. Aber wenn wir Glück haben, erwischen wir sie noch in diesem Café. Hat der Reupold eigentlich mit der Frau gesprochen?"

„Hat er. Aber sie hat angegeben, dass sie seit ihrer Scheidung keinen Kontakt mehr zu Bosch gehabt hätte und auch zu seinen damaligen Freunden oder Bekannten nichts sagen könne."

„Interessant."

„Ja, das finde ich auch."

„Und wo wohnt sie, auch in München?"

„Nein, in Ingolstadt."

29

Sie kamen zu spät!

„Die war gleich wieder weg“, erklärte die Verkäuferin. „Kaum dass Sie weg waren, ist sie wieder raus zu ihrem Auto und in die andere Richtung weggefahren.“

„Und was für einen Wagen fährt sie?“, fragte Bischoff.

„So einen roten Mini Cooper mit schwarzem Dach. Aber was wollen Sie eigentlich von der Frau?“

„Das erklären wir Ihnen ein andermal“, erwiderte Gruber. Die Beamten machten kehrt und eilten zurück zu Grubers Wagen. Gruber holte sein Handy raus, rief die Einsatzzentrale an und ordnete eine Großfahndung nach dem Mini Cooper an. „Der Wagen hat wahrscheinlich ein Ingolstädter Kennzeichen“, gab er durch, „und ist besetzt mit einer dunkelhaarigen Frau mittleren Alters namens Bettina Zimmermann. Die Frau ist vermutlich auf dem Weg zur Autobahn und dürfte dann in Richtung München unterwegs sein.“

„Ist mit Widerstand oder Fluchtgefahr bei der Festnahme zu rechnen?“, fragte der Beamte.

„Kann ich nicht sagen. Auf jeden Fall dürfte Vorsicht angebracht sein."

„Gut. Wir halten Sie auf dem Laufenden …"

„Tja, jetzt können wir nur warten", sagte Gruber abschließend zu Bischoff.

„Wir könnten ihr folgen", schlug sie vor.

„Folgen wohin? Sie hat mehr als eine halbe Stunde Vorsprung. Die kann inzwischen längst in Rosenheim sein. Trinken wir lieber einen Kaffee. Ich lade dich ein …"

„Okay, aber nicht hier."

„Sondern?"

„Fahren wir weiter nach Prien. Da gibt es unten am Hafen sicher ein nettes Café."

„Gute Idee."

Sie fanden ein Café, nicht direkt am Hafen, aber mit einer großen Terrasse und einem Parkplatz direkt vor dem Eingang. Sie setzten sich an einen eben freigewordenen Tisch, und Gruber entschied sich für einen Espresso und ein Stück Herrentorte, während Bischoff einen Cappuccino und ein Glas stilles Mineralwasser wählte. Doch sie hatten kaum bestellt, als Grubers Handy klingelte. Eine Zivilstreife hatte die Frau in Raubling an der Autobahneinfahrt in Richtung München gestoppt. Laut Personalausweis war ihr Name Bettina Zimmermann. Sie hatte keinen Widerstand geleistet, verweigerte aber eine Aussage.

„Bringt sie rüber in das Gebäude der Autobahnpolizei“, sagte Gruber. „Wir sind in zwanzig Minuten dort.“

Sie machten ihre Bestellung rückgängig und fuhren los.

„Tja, so sieht man sich wieder“, sagte Bischoff, die ihren Triumph kaum verhehlen konnte, zur Begrüßung zu der Frau, die in einem Nebenzimmer an einem Tisch saß, bewacht von einer jungen Beamtin mit blondem Pferdeschwanz.

„Ich sage nichts“, erwiderte die Frau namens Zimmermann. „Nicht, bevor Sie mir bestätigt haben, dass ich die Belohnung erhalte.“

„Darüber haben nicht wir zu entscheiden“, sagte Gruber und setzte sich der Frau gegenüber an den Tisch. „Aber ich werde ein gutes Wort für Sie einlegen.“

„So, und jetzt erzählen Sie mal, woher Sie Frank Janek kennen!“, sagte Bischoff, die dabei hinter der Frau Aufstellung genommen hatte, was dieser sichtlich unangenehm war.

„Über Markus natürlich …“

„Markus Bosch und Janek haben sich also gekannt“, sagte Gruber.

„Ja. Aber ich hab ihn damals nie persönlich getroffen. Ich weiß nur, was mir Markus von ihm erzählt hat.“

„Und was hat er Ihnen so erzählt?“, fragte Bischoff.

„Na ja, alles Mögliche halt. Unter anderem auch, dass sie ein paar Leute ausgenommen hätten und so Sachen.“

„Was für Leute?“, fragte Gruber.

„Leute, die auch Dreck am Stecken hatten. Einen Hehler zum Beispiel …“

„Bosch und Janek waren also nicht nur befreundet, sondern haben gemeinsam auch Dinger gedreht?“, vergewisserte sich Bischoff. „Und deswegen glauben Sie jetzt, dass Janek auch bei dieser Sache in Irschenberg Boschs Komplize war? Obwohl er inzwischen ein erfolgreicher Schauspieler ist. Oder wie sollen wir das mit der Belohnung verstehen?“

„Ja, irgendwie schon.“

„Geht's auch ein bisschen genauer?“, fragte Gruber.

„Na ja, wie soll ich sagen? Ich meine, Markus war sonst nicht der Typ, der andere gelobt hätte. Aber von diesem Janek hat er richtiggehend geschwärmt."

„Und warum haben Sie ihn jetzt besucht?", fragte Bischoff.

„Wegen der Belohnung. Ich hab Schulden und mir geht's auch sonst nicht so gut."

„Sie wollen die Belohnung kassieren, fahren aber vorher zu ihm und wärmen alte Geschichten auf. Nicht gerade logisch, wie ich finde", sagte Gruber.

„Wieso nicht? Ich wollte ihn einfach kennen lernen, herausfinden, ob er wirklich mit drinsteckt."

„Einfach so, bei einer Plauderei auf offener Straße, hm?"

„Na und?"

„Ich würde eher sagen, Sie haben versucht, ihn zu erpressen", sagte Bischoff. „Oder anders formuliert: Sie haben ihm das Angebot gemacht, dass Sie darauf verzichten würden, ihn an die Polizei zu verraten, wenn er Ihnen im Gegenzug etwas mehr als die zehntausend Euro bieten würde, die für Hinweise ausgesetzt sind."

Die Frau schüttelte den Kopf. „Nein, überhaupt nicht …"

„Na schön, wir werden es herausfinden", sagte Gruber. „Bis dahin sind Sie unser Gast, einverstanden?"

30

Allein die Art, wie der Kommissar dieses Mal heranfuhr und hinter seinem Suzuki einparkte, sagte Janek, dass sich die Dinge zum Schlechteren verändert hatten. Er geriet sekundenlang in Panik, wusste nicht, wohin mit sich. Bis ihm einfiel, was dahinter stecken könnte: Natürlich, dieses verdammte Weib namens Bettina. Die hatte es sich anders überlegt und ihn nun doch an die Bullen verkauft. Na schön, auch das würde er überstehen. Dass er Bosch mal gekannt und ein paar Dinger mit ihm gedreht hatte, war lediglich ein Indiz und noch lange kein Beweis. Außerdem, wohin hätte er schon flüchten können, zu Fuß und ohne jede Ausrüstung? Er hätte sich nur lächerlich gemacht. Er gab sich einen Ruck und trat vors Haus, um seine Besucher zu empfangen. Die Beamten stiegen aus und blickten Janek zunächst nur abschätzend an. Gruber schlug seinen Mantel zurück und Bischoff hakte ihre rechte Hand am Gürtel ihrer Jeans ein, nur Zentimeter vom Griffstück ihrer Pistole entfernt. Erst dann lösten sie sich von Grubers Peugeot und traten näher. Bischoff entlang der Hauswand, Gruber um den Suzuki herum.

„Ich habe nicht erwartet, Sie so schnell wiederzusehen, Herr Kommissar“, sagte Janek.

„Das glaube ich gern, aber ich fürchte, wir müssen uns noch einmal unterhalten, Herr Janek“, erwiderte Gruber. „Und wenn's geht, dieses Mal mit mehr Offenheit auf Ihrer Seite.“

„Wie soll ich das verstehen?“

„Nun, wir hatten gerade eine sehr interessante Unterhaltung mit einer Frau, die Sie gut zu kennen scheint. Und die uns ein paar Dinge über Sie erzählt hat, die Sie uns bislang vorenthalten haben.“

„Was für Dinge denn?“

„Jetzt hören Sie schon auf, uns für dumm verkaufen zu wollen“, sagte Bischoff. „Sie wissen genau, wovon die Rede ist.“

„Herrgott, das war eine Notlüge. Ist das so schwer zu verstehen unter diesen Umständen?“

„Sie geben also zu, dass Sie Herrn Bosch kannten?“, fragte Gruber.

„Ja. Er war ein kleiner Drogendealer und Waffenschieber, mit dem ich in meiner wilden Zeit nebenher ein paar Geschäfte gemacht habe. Aber das ist ewig her und ich habe seitdem nichts mehr gehört oder gesehen von ihm.“

„Tatsächlich?“

„Ja …“

„Und diese so genannten Geschäfte?“

Janek verdrehte die Augen. „Ich weiß nicht, welche Schauergeschichten Ihnen diese Frau erzählt hat, aber es war nichts dabei, was Sie heute noch interessieren könnte.“

„Das kann schon sein. Aber das ist nicht der Punkt. Für uns zählt eher, wie Sie und Bosch zueinander standen. Vor allem, dass Bosch so von Ihnen beeindruckt war, dass er Sie für den optimalen Partner gehalten hat. Jedenfalls habe er in höchsten Tönen von Ihnen gesprochen, sagt die Frau. Dass Sie der coolste Hund wären, der ihm jemals begegnet ist.“

„Das ist schön zu hören, aber wie gesagt, ich hatte seitdem keinen Kontakt mehr zu ihm.“

„Können Sie das auch beweisen?“, fragte Bischoff.

„Ich muss überhaupt nichts beweisen, würde ich sagen. Beweisen Sie lieber Ihre Anschuldigungen.“

„Sie beide haben also keinen schwunghaften Handel mit Kokain aus Bulgarien betrieben?“, fragte Bischoff weiter. „Zusammen mit dieser Bernadette Wagner und dem Kreutzer?“

„Nein, natürlich nicht.“

„Dann haben Sie auch sicher nichts dagegen, dass wir uns etwas umsehen. Und dass später die Kollegen Ihr Haus durchsuchen?"

„Und wenn ich nein sage?"

„Dann müsste ich Ihnen Handschellen anlegen", sagte Gruber. „Ansonsten dürfen Sie sich als vorläufig festgenommen betrachten."

„Machen Sie, was Sie wollen, aber Sie sind an der falschen Adresse, mehr kann ich dazu nicht sagen. Und deswegen werden auch Sie sicher nichts dagegen haben, wenn ich jetzt meinen Anwalt anrufe?"

„Sie haben schon einen Anwalt?", fragte Bischoff.

„Nein, aber ich kenne ein paar Leute, die mir sicher einen guten Mann für so einen Fall empfehlen können."

„Ist Ihr gutes Recht."

31

„Also dann, meine Damen und Herren, lassen Sie uns gleich zur Sache kommen“, sagte Janeks Anwalt, ein bulliger Mann um die sechzig mit groben Gesichtszügen und zu langen Haaren, der Gruber immer an einen ausrangierten Boxer denken ließ. Leider wusste er es besser. Dieser Dr. Elmar Winter aus München war einer der besten Strafverteidiger, die es derzeit in Deutschland gab.

Der Anwalt legte den Ausdruck, den er die letzten paar Minuten studiert hatte, beiseite und heftete seinen Blick auf Dr. Werner.

„Ich muss schon sagen, Frau Staatsanwältin, ich bin erstaunt. Was Sie mir da präsentiert haben, ist ein Sammelsurium von Indizien, aber ich sehe nicht einen einzigen handfesten Beweis darunter. Für die Behauptung, Herr Janek und Herr Bosch wären vor vielen Jahren befreundet gewesen und hätten sich auch kriminell betätigt, haben Sie lediglich die Aussage einer Frau, die versucht hat, meinen Mandanten zu erpressen, bevor Sie ihr zufällig auf die Schliche gekommen sind. Wissen Sie, was so eine Aussage wert ist? Weniger als nichts. Dass

Herr Janek Sie möglicherweise, ich betone: möglicherweise, belogen hat, was seine Bekanntschaft mit diesem Bosch betrifft, so war dies unter den gegebenen Umständen menschlich völlig normal und absolut legitim. Niemand muss sich schließlich selbst verdächtig machen oder dazu beitragen. Und dass er für die Tatzeit über kein Alibi verfügt, besagt ebenfalls nicht das Geringste. Wenn er sagt, er habe den Abend zuhause verbracht, dann beweisen Sie ihm das Gegenteil oder unterlassen Sie es, diesen Umstand gegen ihn auszulegen. Ich verbringe ebenfalls viele Abende allein zuhause. Und dann, bei allem Respekt, das können Sie nicht ernst gemeint haben: Herr Janek komme als Täter auch in Betracht, weil erstens das ausgebrannte Fluchtfahrzeug etwa zwanzig Kilometer von seinem Wohnsitz entfernt gefunden wurde, und zweitens, weil es von seinem Wohnsitz bis nach Irschenberg nur gut fünfzig Kilometer sind. Also wenn die Nähe oder relative Nähe zum Schauplatz eines Verbrechens demnächst ein Kriterium werden sollte, um Menschen unter Verdacht zu stellen, dann viel Vergnügen. Kurzum, Sie haben nichts weiter in der Hand als einen Verdacht gegen Herrn Janek, gespeist aus welchen Motiven auch immer, aber nicht den Anflug eines Beweises. Es gibt auch keine Zeugenaussagen, die ihn belasten würden. Sie haben in seinem Haus keine Drogen oder Waffen gefunden, und so frage ich mich: Was machen wir hier eigentlich?"

Der Anwalt beugte sich vor und trank einen Schluck Mineralwasser. Nach einem Blick zu Janek, der seine Ausführungen mit ausdruckslosem Gesicht verfolgt hatte, sagte er: „Ich könnte Ihnen noch folgen, wenn Herr Janek hier zum Beispiel arbeitslos wäre und Schulden hätte und vielleicht auch sonst nicht den besten Ruf, aber nachdem genau das Gegenteil der Fall ist, muss ich Ihnen dringend nahe legen, meinen Mandanten sofort auf freien Fuß zu setzen."

„Leider haben Sie dabei den wichtigsten Punkt unterschlagen", sagte Bischoff in die eingetretene Stille.

„Ach ja, und der wäre?"

„Herr Janek hat gegenüber unserer Zeugin nicht nur zugegeben, dass er an der Sache in Irschenberg beteiligt war, sondern hat ihr auch Geld angeboten. Schweigegeld, um genau zu sein. Also frage ich mich: Wenn er wirklich unschuldig ist, warum hat er sie dann nicht einfach zum Teufel geschickt, sondern um Aufschub gebeten?"

Dr. Winter erlaubte sich ein ironisches Lächeln. „Ich bin sicher, Sie werden mich gleich über diesen Punkt aufklären, Frau Hauptkommissarin."

„Ja, ich werd's Ihnen sagen: Er wollte Zeit gewinnen, um eine Möglichkeit zu finden, die Frau auszuschalten. Und noch eins: Herr Janek ist zwar nicht arbeitslos, er hat aber auch keine feste Beschäftigung und damit kein regelmäßiges Einkommen. Und wir alle wissen doch um die prekäre Lage vieler, auch bekannter Schauspieler ..."

Der Anwalt lächelte erneut. „Da wissen Sie mehr als ich, Frau Hauptkommissarin. Aber gut, wenn Sie die Beschäftigungslage und den Verdienst von Schauspielern ins Feld führen wollen, werde ich mich gegebenenfalls damit beschäftigen. Aber dass er zugegeben haben soll, Bosch zu kennen, ist eine Behauptung Ihrer alles andere als glaubwürdigen Zeugin. Und selbst wenn es so gewesen wäre und er der Frau wirklich Geld geboten hätte für ihr Schweigen, wäre auch dies menschlich nur verständlich.

Wer lässt sich schon gerne für eine Tat an den Pranger stellen, die er nicht begangen hat?"

„Und woher wollte er das Geld dafür nehmen?"

„Also bitte, das sind jetzt doch reine Spekulationen, die zu nichts führen." Er fixierte wieder Dr. Werner. „Was meinen Sie, Frau Staatsanwältin, sollten wir nicht langsam zu einem Ende kommen?"

„Geben Sie uns zehn Minuten für eine Beratung …"

„Selbstverständlich."

Dr. Werner erhob sich, und auch Gruber und Bischoff standen auf. Sie folgten der Staatsanwältin in ihr Büro. Dr. Werner setzte sich an ihren Schreibtisch, ohne den beiden einen Stuhl anzubieten. „Ich hab Ihnen gleich gesagt, dass wir den Mann unter diesen Umständen nicht festhalten können", sagte sie. „Diese Nummer hätten wir uns wirklich sparen können."

„Ich bin überzeugt davon, dass diese Bettina Zimmermann die Wahrheit sagt. Er war dabei …", beharrte Bischoff.

„Das ist vielleicht ein Grund für weitere Ermittlungen, aber kein Grund für einen Haftbefehl."

„Wir könnten an die Presse gehen …“

„Um was zu erreichen?“ Die Staatsanwältin blickte Bischoff abweisend an. „Um uns aufgrund vielleicht haltloser Anschuldigungen weiter zu blamieren? Das lassen wir mal schön bleiben. Ich habe zwar auch meine Zweifel, was den Mann betrifft, aber solange wir nicht mehr in der Hand haben gegen ihn, Finger weg von der Presse.“

Bischoff nickte widerwillig und sagte nichts.

„Und Sie?“, wandte sich die Staatsanwältin an Gruber. „Was ist Ihre Meinung dazu?“

„Machen Sie doch, was Sie für richtig halten.“

32

„Da habt ihr euch aber nicht gerade mit Ruhm bekleckert“, meinte Ingrid, nachdem ihr Gruber beim Abendessen von ihrem Fehlschlag erzählt hatte.

„Nicht mit Ruhm bekleckert ist gut“, antwortete Gruber mürrisch. „Der Kerl hat uns nach Strich und Faden abgewatscht, so sieht's doch aus.“

„Und wie geht's jetzt weiter?“

„Keine Ahnung …“

„Wieso verbeißt sich die Bischoff eigentlich so in den Fall?“

„Na ja, wegen Moser wahrscheinlich. Ein ermordeter Kollege ist schließlich keine Kleinigkeit, auch wenn der Täter dabei selbst umgekommen ist.“

„Aber ihr versteht euch doch sonst so gut?“

Gruber nickte. „Sicher. Das ist es ja.“

„Und du, was hältst du von der Sache, rein instinktmäßig? Hat der Janek nun Dreck am Stecken oder nicht?“

Gruber überlegte kurz. „Ich trau's ihm zu, ganz eindeutig“, sagte er schließlich. „Aber wie kommt es dann, dass man die zwei, also den Bosch und Janek, nie zusammen gesehen hat? Die Soko hat, wie mir die Bischoff erzählt hat, über siebzig Personen aus Boschs Umfeld befragt. Der Janek ist da nirgends aufgetaucht …"

„Also nein?"

„Ja und nein, wenn schon." Gruber legte den Löffel zur Seite und wischte sich mit der Serviette den Mund ab. „Ich hoffe nur, dass sie jetzt keinen Blödsinn macht."

„Was meinst du damit?"

„Ich glaube, am liebsten würde sie der Presse einen Tipp zuspielen. Aber wenn sie das macht, ist der Teufel los. Dieser Dr. Winter würde uns in der Luft zerreißen."

„Dann ruf sie doch an und rede noch mal mit ihr."

„Vielleicht später." Gruber stand auf, ging zum Kühlschrank und holte sich eine Flasche Bier heraus. Er schenkte sich im Stehen ein Glas ein, stellte die Flasche auf dem Tisch ab und setzte sich wieder. „Und du?", fragte er. „Wie war dein Tag?"

Ingrid lächelte. Ein wenig traurig, wie Gruber schien. „Bescheiden", erwiderte sie. „Jedenfalls im Vergleich zu deinem."

„Keine Kundschaft?“

„Doch, schon. Aber irgendwie sind es immer die Gleichen, die bei mir einkaufen.“

„Vielleicht solltest du mal eine Werbeaktion starten?“

„Vielleicht. Oder einen neuen Standort ins Auge fassen …“

Gruber horchte auf. „Wie soll ich das verstehen?“

„Das weißt du ganz genau.“

„Hör mal, wenn ich jetzt umziehe, muss ich auch in Pension gehen. Eine Versetzung in meinem Alter kommt nicht mehr in Frage. Oder meinst du, die in Dresden warten gerade auf so einen alten Knacker wie mich?“

„Und, wäre das wirklich so schlimm?“

„Schlimm vielleicht nicht gerade, aber auch nicht besonders reizvoll. Ich meine, du hättest dein Geschäft, hättest jeden Tag mit Leuten zu tun, aber was hätte ich den ganzen lieben Tag lang zu machen? Im Park die Tauben vergiften?“

„In einer Stadt wie Dresden würde dir nie langweilig werden …“

Gruber grinste säuerlich. „Weißt du was: Wenn wir das nächste Mal eine Busreise unternehmen, fahren wir nach Bielefeld.“

33

Bischoff fand keine Ruhe. Es wollte ihr einfach nicht in den Kopf, dass dieser Schauspieler davonkommen sollte. Aber anscheinend war sie die Einzige, die sich darüber aufregte. Gruber schien es gleichgültig zu sein, Dr. Werner zeigte ebenfalls kaum Interesse, und selbst Reupold hatte es erstaunlich gelassen aufgenommen, als sie ihn darüber informiert hatte, dass Janek wieder auf freiem Fuß sei. So eine Blamage! Sie machte das Licht an, stand auf und holte sich aus der Küche ein Glas mit Leitungswasser. Sie trank einen Schluck, stellte das Glas auf dem Nachttisch ab und legte sich wieder ins Bett. Dachte nach. Die Zeit verging. Ein Verdacht beschlich sie. Sie wehrte sich kurz dagegen, aber je länger sie das Szenario durchspielte, umso mehr wurde sie in ihrem Verdacht bestärkt. Bis schließlich alles einen Sinn ergab: Reupold und Moser steckten mit drin.

Dass zwei so erfahrene Kollegen ohne Rückendeckung an eine Übergabe rangegangen wären, hatte sie von Anfang an gestört. Eine belebte Autobahnraststätte bei Nacht und Nebel und dazu eine unbekannte Zahl von Zielpersonen, das wäre eine Sache für mindestens sechs bis acht Beamte gewesen. Da konnte Reupold noch so oft beteuern, dass sie keine Zeit gehabt hätten, ein Team zusammenzustellen. Oder dass er nicht viel auf den Tipp gegeben hätte und deswegen ohne Verstärkung ausgerückt wäre.

Was zwei Möglichkeiten eröffnete: Entweder hatten Reupold und Moser vorgehabt, die ihnen vielleicht sogar bekannten Dealer auszunehmen und den Stoff für sich zu behalten, und hatten sich dabei überschätzt. Oder aber sie gehörten zu der Bande, weswegen sie auch ohne kugelsichere Schutzwesten unterwegs waren, es gab Streit, der Streit eskalierte und endete in dem bekannten Blutbad. Was auch Reupolds Bemühungen erklärt hätte, Janeks Status als Verdächtigen herunterzuspielen. Er wollte den Mann schützen, weil der ihn erstens verraten könnte, und zweitens, weil er vielleicht immer noch die Absicht hatte, Janek das Kokain doch noch abzunehmen. Und sollte Letzteres der Fall sein, würde er vermutlich nicht lange warten damit. Würde er vielleicht schon heute Nacht aktiv werden, zumal er nicht wissen konnte, wie lange Janek in seinem

Haus greifbar wäre. Janek konnte jederzeit abhauen, zu Freunden nach München oder gar ins Ausland.

Bischoff setzte sich kerzengerade auf und warf einen Blick zum Wecker. Kurz nach zwei. Sollte sie hinausfahren und nachsehen? Sich am Waldrand oder auf der Rückseite von Janeks Haus auf die Lauer legen? Eigentlich eine Kleinigkeit. Es war tiefste Nacht, es war neblig, niemand würde sie bemerken. Aber wollte sie das wirklich, ihren Kollegen ans Messer liefern? Sie mochte Reupold, auch wenn er sie mit seiner ruppigen Art immer wieder vor den Kopf gestoßen hatte. Aber falls sie Reupold wirklich dabei ertappen sollte, wie er Janek aufsuchte, würde sie ihren Kollegen damit ins Gefängnis schicken. Und egal, wie sehr man ihr anschließend versichern würde, dass sie richtig gehandelt habe, würde sie dennoch für alle Zeiten als Nestbeschmutzerin dastehen. Die man bei nächst bester Gelegenheit auf einen Posten abschieben würde, an dem sie garantiert keine Freude hätte.

Andererseits wäre dies vielleicht die einzige Chance, Janek doch noch dranzukriegen!

Egal, hier sitzen bleiben konnte sie nicht.

Jetzt nicht mehr. Sie sprang aus dem Bett, zog sich kurz entschlossen an, steckte ihre Dienstpistole und eine Taschenlampe ein, und lief hinab in die Tiefgarage. Sie überlegte kurz, ob sie Gruber verständigen sollte, ließ es dann aber sein. Der würde ihr höchstens abraten von ihrem Vorhaben. Nein, diese Sache musste sie allein durchziehen.

Es herrschte wieder dichter Nebel, und so brauchte sie fast eine Dreiviertelstunde, bis sie die Straße, die vom Dorf weg zu Janeks Haus führte, erreicht hatte. Sie fuhr ein Stück die Anhöhe hinauf, wo sie ihren Roadster in einer Waldschneise parkte und sich zu Fuß auf den Weg machte. Etwa zwanzig Meter vom Haus entfernt machte sie Halt und taxierte das Gebäude. Im Wohnzimmer brannte noch Licht, sonst war nichts Ungewöhnliches zu erkennen. Sie lief leicht gebückt auf das Haus zu, schlich von Fenster zu Fenster und spähte kurz hinein. Registrierte, dass auch in der Küche und im Flur das Licht eingeschaltet war. Aber von Janek keine Spur.

Noch unschlüssig, was sie jetzt machen sollte, glaubte sie, einen gedämpften Schrei zu hören. Irgendwo aus dem Hausinneren. Sie blickte wieder durchs Küchenfenster, aber nichts. Nirgendwo ein Lebenszeichen. Also gut, ob sie wollte oder nicht, sie musste ins Haus. Sie lief wieder nach vorne zur Haustür und drückte behutsam die Klinke nieder. Zugesperrt. Aber vielleicht gab es auf der Rückseite eine Möglichkeit, durch eine Hintertür oder über die Scheune. Sie lief um die Ecke und sah, dass auch im Badezimmer Licht brannte. Sie duckte sich unter dem Fenster und lauschte mit angehaltenem Atem. Sie musste nicht lange warten. Nach zwei, drei Sekunden hörte sie eine ihr unbekannte männliche Stimme sagen: „Wir können gern noch ein paar Stunden so weitermachen. Die Frage ist nur, ob du am Schluss noch am Leben bist."

Bischoff erstarrte. Wenn nicht Reupold, wer konnte das dann sein? Sie horchte weiter, konnte vorerst aber nichts Konkretes mehr ausmachen. Sie wünschte sich nun doch, sie hätte Gruber verständigt und jetzt an ihrer Seite. So ein Mist. Aber nun war es spät, da half alles nichts. Sie zog ihre Heckler & Koch aus dem Halfter, entsicherte die Pistole und schlich mit vorgehaltener Waffe um die nächste Ecke weiter zur Rückseite des Hauses. Fand die schwere

Holztür, die in den ehemaligen Kuhstall führte, nur angelehnt und den Riegel dazu am Boden liegen. Zögernd trat sie ein und tastete sich im Schein der Taschenlampe vorwärts. Der Stall mit seinem Gewölbe und einem Pfeiler in der Mitte war in eine Art rustikales Wohnzimmer umgebaut worden, mit schweren Möbeln und einem Kachelofen an der Wand. Sie ging vorsichtig durch, bis sie die Tür zum Wohntrakt, die oberhalb einer zweistufigen Steintreppe lag, erreicht hatte. Hier legte sie die Taschenlampe auf der oberen Stufe ab und schob die ebenfalls unverschlossene Tür so geräuschlos wie möglich Zentimeter für Zentimeter auf.

Der Flur wurde sichtbar, und mit ihm auch ein schlanker, dunkel gekleideter Mann mit einer Wollmaske über dem Kopf, der vor der Tür ins Badezimmer stand und Bischoff den Rücken zukehrte. Ob er bewaffnet war, war nicht zu erkennen. Aber so lässig, wie er dastand, schien er an dem, was im Badezimmer gerade vor sich ging, nicht direkt beteiligt zu sein. Also waren sie zu zweit, mindestens. Bischoff packte ihre Pistole mit beiden Händen, zögerte aber, sofort aufs Ganze zu gehen. Sie hatte mit Reupold gerechnet, aber nicht mit einer unbekannten Zahl von Angreifern. Sollte sie trotzdem …?

Die Stimme aus dem Bad verschaffte ihr einen Aufschub.

„Noch mal, ich hab dich nicht verstanden“, sagte der Mann laut.

„Ich hab's nicht, weil ich nicht dabei war …“

Janek.

Genuschelt und kraftlos, aber dennoch eindeutig seine Stimme.

„Natürlich warst du dabei“, sagte der andere. „Die Bullen können es dir nur nicht beweisen.“

„Die Bullen wissen einen Scheiß.“

„Okay, ganz wie du willst.“

Aus dem Badezimmer drang Stöhnen und Keuchen.

Bischoff kämpfte sekundenlang mit sich selbst. Geschah dem Kerl nur recht, egal, wer der Schläger auch sein mochte. Dennoch, viel länger konnte sie nicht mehr warten. Sie fixierte wieder den Mann an der Tür, suchte nach einer Ähnlichkeit mit Reupold. Die Größe kam hin, und die Statur auch. Aber sonst? Wenn er wenigstens mal den Mund aufgemacht hätte. Jedenfalls war er der Gefährlichere der beiden. Der Anführer, der seinem Kumpan die Drecksarbeit überließ. Bischoff atmete tief durch, und war dann mit zwei schnellen Schritten im Flur und in Position: Knapp zwei Meter hinter dem Mann und mit Blick ins Badezimmer, wo sich ein zweiter, ebenfalls maskierter Mann aufhielt, über Janek gebeugt, der wie ein Häufchen Elend nackt und gekrümmt auf dem Boden lag.

„Polizei. Hände hoch und keine Bewegung."

34

Der Mann im Bad richtete sich auf, während der in der Tür sich langsam umdrehte und dabei sagte: „Verdammt, Ulrike, was machst du denn hier? Ist dir zuhause langweilig geworden?“

Reupold!

Bischoff fühlte einen Stich im Herzen.

Auch wenn sie genau das erwartet hatte, war sie doch für einen Moment aus dem Konzept gebracht. Aber bevor sie etwas erwidern konnte, bemerkte sie die großkalibrige Pistole, die Reupold, an seinen schwarzen Steppanorak gedrückt, in der rechten Hand hielt. Die Mündung zeigte genau auf Bischoffs Bauch.

Bischoff und Reupold starrten sich an.

„Ich nehme an, du weißt, was ein Treffer in die Leber oder in den Magen anrichtet?“, sagte Reupold dann mit ruhiger Stimme.

„Ich wäre in ungefähr zehn Minuten tot, innerlich verblutet …“, erwiderte sie.

„Richtig. Nicht zu vergessen die Schmerzen, die dabei wirklich schlimm sein sollen.“

„Nicht schlimm genug, um es dir nicht mit gleicher Münze heimzuzahlen …“

„Das würdest du wirklich machen? Nach alldem, was zwischen uns passiert ist?"

„Zwischen uns ist gar nichts passiert. Rein gar nichts. Und wenn du glaubst, dass ich euch zwei hier einfach rausmarschieren lasse, dann hast du dich geschnitten. Und jetzt nimm endlich die scheiß Mütze ab."

Reupold ging nicht darauf ein. Er schüttelte nur leicht den Kopf und sagte: „Willst du gar nicht wissen, was er uns erzählt hat, der feine Herr Schauspieler respektive Drogenhändler und Polizistenkiller?"

„Wenn es das gewesen wäre, was ihr wissen wolltet, wärt ihr längst nicht mehr hier. Halt mich nicht für blöd, Harry."

„Was meinst du damit? Wir wollten dem Kerl nur ein bisschen Angst einjagen, mehr nicht."

„Und nebenbei das Kokain kassieren ..."

„Blödsinn."

„Red du keinen Blödsinn. Du hast doch von Anfang an versucht, den Verdacht gegen ihn da zu zerstreuen. Weil du von Anfang an scharf darauf warst, an den Stoff zu kommen."

„Das sind doch Hirngespinste. Ich wollte nur nicht, dass der Scheißkerl einfach so davonkommt, mehr nicht."

„Erzähl das dem Richter …“

„Was ist jetzt?“, meldete sich der Mann aus dem Badezimmer. „Seid ihr euch bald einig oder wie?“

„Tja, sieht ganz so aus, als hätten wir ein Patt hier“, sagte Reupold.

„Ich sag's noch mal“, sagte Bischoff. „Gib auf. Wir finden dann schon einen Weg.“

„So, meinst du? Und der Herr im Badezimmer? Glaubst du, der sagt: Vielen Dank für den Besuch, und hält die Klappe?“

„Das kriegen wir auch hin. Aber jetzt hör endlich auf mit dem Quatsch und nimm die Pistole runter. Du weißt, dass du mich nicht erschießen kannst.“

„Weiß ich das wirklich? Sehen wir die Sache doch mal so: Du bist illegal eingedrungen in das Haus eines Verdächtigen, der geglaubt hat, einen Einbrecher vor sich zu haben, peng, peng, und beide waren tot.“

„Damit würdest du nie durchkommen …“

„Wieso nicht? Ich war nie hier.“

„Gruber würde es herausfinden. Und dir die Haut abziehen.“

„Tatsächlich?“

„Ja.“

„Tja, das müsste ich dann wohl riskieren …"

Bischoff geriet ins Schwanken. Die Vernunft sagte ihr, einen Rückzieher zu machen. Es gab nichts mehr zu gewinnen. Reupold war erledigt, so oder so. Der Mann würde den Rest seines Lebens auf der Flucht verbringen.

„Mir reicht's jetzt …"

Reupolds Komplize trat mit halb erhobenen Händen vorsichtig in den Flur und blickte abwechselnd zu Bischoff und Reupold. „Was soll das hier werden? Wenn ihr vorhabt, euch gegenseitig zu erschießen, dann bringt es endlich hinter euch. Wenn nicht, dann noch viel Spaß und gute Nacht." Mit diesen Worten verschwand der Mann zur Hintertür hinaus.

Bischoff war sprachlos.

„Nimm's nicht persönlich, Ulrike", sagte Reupold, deutete eine Verbeugung an und ehe Bischoff sich versah, war auch er durch die Hintertür geschlüpft. Bischoff blickte ins Badezimmer.

Auch Janek war verschwunden. Getürmt durch das Fenster.

35

Janek kauerte mit angezogenen Knien und verschränkten Armen unter einer Fichte und zitterte vor Kälte. Diese Drecksbullen! Aber das würde er ihnen heimzahlen. Die würden sich noch wundern. Ans Kreuz nageln würde er sie, gnadenlos. Er massierte mit der rechten Hand seine schmerzenden Rippen und spähte erneut in Richtung Haus, vermochte aber nichts zu erkennen, was auf Verfolger hingewiesen hätte. Konnte es sein, dass die drei noch immer debattierten, dass sie gar nicht daran dachten, ihn aufzustöbern? Durchaus möglich, was aber nicht bedeutete, dass er nicht schnellstens einen Unterschlupf finden müsste. Nicht mehr lange, und die Eiseskälte würde ihn fertigmachen. Dann ein falscher Schritt, und finito. Er dachte angestrengt nach. Bis zum nächsten Anwesen war es nicht allzu weit, ein Stück weit durch den Wald, und schon wäre er in Sicherheit. Aber er müsste die Leute, ein älteres Ehepaar, aus dem Schlaf klingeln, müsste Erklärungen abgeben und könnte vermutlich nicht verhindern, dass sie die Polizei oder jemanden von der Lokalzeitung verständigten.

Was ihm zwar nur recht sein könnte, aber war dies wirklich das, was er wollte? Er hatte plötzlich Bedenken.

Seine erste Wut war verraucht und die Vorstellung, Krach zu schlagen und die Polizei als kriminelle Schlägertruppe anzuklagen, hatte plötzlich viel von ihrer Anziehungskraft eingebüßt. Hatte unvermutet einer Idee Platz gemacht, die ihm wesentlich attraktiver erschien. Attraktiver und vor allem viel, viel nachhaltiger in ihrer Wirkung. Er grinste kurz in sich hinein. Wenn ich das hinkriege, dachte er, wäre das den Scheiß dreimal wert gewesen.

Aber dazu müsste er erst einmal unsichtbar bleiben. Also wohin? Er checkte kurz die nähere Umgebung ab, bis ihm ein Haus weiter in Richtung See einfiel, das nur als Ferienhaus genutzt wurde. Und das jetzt, Ende Oktober und bei Dauernebel, vermutlich leer stehen würde. Genau, und bis dorthin könnte er es auch schaffen. Dort könnte er sich verstecken, vielleicht sogar etwas zum Anziehen besorgen und dann Dr. Winter zu Hilfe rufen. Vorausgesetzt, es gab im Haus noch einen Festnetzanschluss. Anschließend würde er in Begleitung des Anwalts ein Krankenhaus aufsuchen und sich verarzten lassen. Und dann in die Offensive gehen …

Der weit entfernte Schein einer Taschenlampe schreckte ihn auf. Er kniff die Augen zusammen und erkannte eine Gestalt, die sich über die Wiese auf den Waldrand rechts von ihm zu bewegte. Vernahm gleich darauf eine Stimme, die nach ihm rief. Eine weibliche Stimme! Die liebe Frau Hauptkommissarin! Janek löste sich aus seiner Haltung, kroch unter der Fichte hervor und stolperte weiter in den Wald hinein.

36

Gruber war fassungslos. Und auch Dr. Werner, die sonst so abgeklärt und ruhig wirkende Staatsanwältin, blickte Bischoff mit verbissener Miene und zornig funkelnden Augen an.

„Ich versteh dich nicht“, sagte Gruber schließlich, bemüht, sich halbwegs sachlich zu geben. „Ich versteh’s einfach nicht. Ich meine, wie lange arbeiten wir jetzt zusammen, sechs, sieben Jahre? Und was haben wir nicht alles gemeinsam durchgestanden: die Sache mit diesem Hauser, Schmidinger, diese Neo-Nazi-Scheiße. Da möchte man doch meinen, dass du mir vertraust und keine solchen idiotischen Alleingänge unternimmst.“

„Ich sag doch, ich war mir nicht sicher“, erwiderte Bischoff mit matter Stimme. „Ich hab’s ihm zugetraut, ja, aber irgendwie habe ich nicht daran geglaubt, dass es so kommt, dass er wirklich hinter dem Stoff her ist. Und dass er noch einen Komplizen dabei hat, damit habe ich nun wirklich nicht gerechnet.“

„Ich rede nicht von deinen Gründen, kapierst du das nicht? Die kann ich verstehen. Und ich rede auch nicht davon, dass dieser

Janek jetzt irgendwo da draußen herumirrt und vielleicht schon Radau macht und mit der Presse spricht. Aber du hast dich leichtsinnig in Lebensgefahr begeben. Stell dir vor, dieser Reupold hätte, statt mit dir zu palavern, einfach abgedrückt."

„Hat er aber nicht, oder?"

„Ja, sicher. Aber es hätte auch anders kommen können, und das weißt du."

Bischoff nickte nur.

Gruber zog die Tafel Nuss-Schokolade, die er zuhause noch schnell eingesteckt hatte, aus seiner Manteltasche und zerbrach sie in zwei Hälften. Er legte die eine Hälfte vor sich auf den Tisch, brach von seinem Teil ein Stück ab und schob es sich in den Mund. „Bedient euch ruhig", sagte er dazu.

Bischoff griff zu, und dann auch Dr. Werner.

„Also gut", sagte die Staatsanwältin anschließend, ebenfalls um einen versöhnlichen Ton bemüht. „Dann fasse ich mal zusammen: Dieser Janek ist verschwunden, Kollege Reupold hat sich abgesetzt und sein Begleiter ist auch weg. Bleibt die Frage, was wir jetzt unternehmen sollen."

„Ich würde sagen, das hängt zum guten Teil

davon ab, was Janek jetzt unternimmt“, erwiderte Gruber. „Wenn wir davon ausgehen, dass er mit der Sache in Irschenberg nichts zu tun hatte, wird er in Kürze mit seinem Anwalt und ein paar Journalisten hier aufkreuzen und uns die Hölle heiß machen. Und wenn er doch mit drin hängen sollte, vermutlich auch …“

„Vorausgesetzt, er liegt nicht irgendwo da draußen hilflos im Wald und erfriert uns vielleicht noch“, sagte Dr. Werner zu Bischoff. „Kann doch sein, dass ihm die zwei so zugesetzt haben, dass er irgendwo liegen geblieben ist. Und das nackt und bei Temperaturen um null Grad.“

„Ich sag doch, ich habe über eine halbe Stunde nach ihm gesucht.“

„Sicher. Trotzdem sollten wir sofort eine Suchaktion einleiten. Daran hätten wir eigentlich gleich denken müssen.“ Die Staatsanwältin griff zum Telefon und fragte mit Blick zu Gruber. „Fällt Ihnen vielleicht eine halbwegs unverfängliche Begründung dafür ein?“

„Melden Sie, er hatte Einbrecher im Haus, ist durch das Badefenster geflüchtet und seitdem verschwunden.“

„Perfekt.“

Gruber stand auf. „Ich mache mich auch gleich auf den Weg …“

„Was dagegen, wenn ich mitkomme?“, fragte Bischoff.

„Red keinen Unsinn. Natürlich kommst du mit.“

„Und dieser Reupold?“, rief ihnen Dr. Werner nach. „Was mache ich wegen dem?“

„Gar nichts“, erwiderte Gruber. „Um den kümmern wir uns später.“

37

Gruber und Bischoff befanden sich noch in Janeks Haus, als der Leiter der mit der Suchaktion beauftragten Einsatzkräfte Gruber anrief und meldete, dass man an einem augenscheinlich unbewohnten Haus nicht weit vom Seeufer entfernt Spuren eines Einbruchs entdeckt habe.

„Stellen Sie die Sicherung der Spuren hinten an und durchsuchen Sie das Haus, auf meine Verantwortung“, sagte Gruber. „Wir kommen auch gleich hin.“

„Was entdeckt?“, fragte Bischoff.

„Sieht so aus, als wäre er nicht weit von hier in ein Haus eingestiegen. Also kann's ihm so schlecht nicht gehen.“

„Und hat man schon …?“

„Das werden wir gleich wissen“, unterbrach Gruber seine Kollegin. „Fahren wir.“

Doch Gruber saß kaum am Steuer, als sein Handy erneut klingelte. Es war Dr. Werner.

„Kommen Sie beide bitte sofort ins Büro. Es ist wichtig.“

„Was ist passiert?“

„Das erfahren Sie noch früh genug. Fahren Sie einfach gleich los.“

„Und die Suchaktion?“

„Habe ich bereits gestoppt. Also bis gleich.“

„Wie Sie wünschen …“

Eine halbe Stunde später betraten Gruber und Bischoff das Besprechungszimmer, in dem neben Dr. Werner auch Janek und sein Anwalt Dr. Winter bereits auf sie warteten. Janek war äußerlich nicht viel anzumerken. Er war nur etwas grau im Gesicht und wirkte sichtlich übermüdet. Auch sein Blick verriet nichts. Er saß nur da und wartete mit gefalteten Händen, bis sich Gruber und Bischoff an den Tisch gesetzt hatten.

Bischoff räusperte sich. „Sie hätten nicht weglaufen müssen, Herr Janek …“

Janek sagte nichts.

„Waren Sie im Krankenhaus?“, fragte Gruber.

„Das war er“, erwiderte Dr. Winter anstelle Janeks. „Die Verletzungen, die man ihm beigebracht hat, sind zum Glück zwar nicht gravierend, aber das steht im Augenblick nicht zur Debatte.“

„Und was dann?“

„Das werden Sie gleich hören. Wobei ich hinzufügen möchte, dass ich Herrn Janek dringend von diesem Schritt abgeraten habe. Aber anscheinend ist heute Ihr aller Glückstag."

Gruber und Bischoff wechselten einen überraschten Blick.

„Es ist Ihnen allen doch hoffentlich klar, dass ich Sie fürchterlich in die Pfanne hauen könnte", begann Janek. „Oder was glauben Sie, wie die Öffentlichkeit reagiert, wenn sie erfährt, dass mich ein Polizeibeamter zusammen mit einem Komplizen, bei dem es sich möglicherweise um einen weiteren Polizeibeamten gehandelt hat, in meinem Haus überfallen und gefoltert hat, um an eine Ladung Kokain zu kommen, die ich angeblich vor zwei Wochen von einem Kurier in Irschenberg übernommen habe."

Er machte eine Pause, um ein Taschentuch aus seiner Hosentasche zu ziehen und sich kräftig zu schnäuzen. Er behielt das Taschentuch in der Hand und sagte weiter: „Ich kann's Ihnen sagen: Das wäre für die Polizei ein Skandal ohne Ende und ein gefundenes Fressen für die Medien." Er machte erneut eine Pause und fixierte Bischoff. „Zugegeben, Frau Hauptkommissarin, Sie haben mich aus dieser scheußlichen Lage befreit und mich damit vor dem

Schlimmsten bewahrt. Aber auch da könnte man an der Aufrichtigkeit Ihres Einschreitens zweifeln." Er wandte sich Dr. Werner zu: „Wieso kommt die Frau Hauptkommissarin allein angerückt und nicht zusammen mit ihrem Kollegen Gruber? Weil sie vielleicht von der Aktion wusste, plötzlich aber kalte Füße bekam und ihren Polizistenfreund im letzten Augenblick von dem Überfall abhalten wollte?"

„Das ist eine …", brauste Bischoff auf. „Sie wissen genau, dass es nicht so war."

„Was ich weiß und was ich aussagen könnte, ist zweierlei. Und offen gesagt, so genau weiß ich es wirklich nicht. Ich habe zwar einiges von Ihrer netten Unterhaltung mit Ihrem Kollegen mitbekommen, aber schließlich war ich nebenbei noch schwer damit beschäftigt, mich aus meinem Blut zu erheben und durch dieses scheiß Fenster zu klettern."

Janek schnäuzte sich nochmals, zerknüllte das Taschentuch und steckte es wieder ein.

„Und was heißt das jetzt?", fragte Dr. Werner.

„Dass ich Ihnen einen Deal vorschlagen möchte, Frau Staatsanwältin, was sonst? Auch wenn mein geschätzter Rechtsbeistand hier vehement dagegen ist."

„Und wieso ist er dagegen?“, fragte Gruber.

„Das werden Sie gleich verstehen. Also, mein Vorschlag wäre folgender: Die Sache bleibt unter uns, allerdings nur unter zwei Bedingungen: Dieser wild gewordene Bulle legt ein umfassendes Geständnis ab, schriftlich natürlich, das Dr. Winter hier in Verwahrung nehmen wird. Schon um vorzubeugen, dass der Herr noch einmal auf die Idee kommen könnte, mich zu besuchen. Zweitens: Sie erklären, falls es notwendig werden sollte, das heißt, falls diese Bettina Zimmermann Wirbel machen und sich an die Presse wenden sollte, um irgendwelche Schauergeschichten über mich und Bosch zu erzählen, dass ich für den betreffenden Abend über ein absolut wasserdichtes Alibi verfüge und die Frau nur scharf auf die Belohnung gewesen wäre. Den Rest, also die Frau wegen Erpressung, Nötigung und Rufschädigung zu verklagen, wird Dr. Winter dann übernehmen.“

„Sie wollen, dass wir Ihnen ein Alibi ausstellen?“, fragte Bischoff ungläubig.

„Genau das. Tut Ihnen nicht weh und mir gibt es die Sicherheit, dass Sie mich künftig nicht mehr belästigen, in welcher Form auch immer.“

„Ein bisschen viel verlangt, würde ich sagen“, merkte Dr. Werner an.

„Finden Sie? Ich würde sagen, wenn hier einer unverdient gut davonkommt, dann sind Sie das. Aber schön, es ist Ihre Entscheidung.“

„Was mich dabei ein wenig wundert, ist Ihre plötzliche Großzügigkeit, von der Sache mit dem falschen Alibi einmal abgesehen“, sagte Gruber. „Ich meine, das wäre für Sie jetzt doch eine großartige Gelegenheit, es der Polizei heimzuzahlen.“

„Da täuschen Sie sich, Herr Hauptkommissar. Ich verspüre überhaupt kein Verlangen, der Polizei etwas heimzuzahlen. Die paar Jahre Knast habe ich mir redlich verdient. Außerdem, was würde es mir nützen, wenn die Sache publik wird? Klar, ich wäre mit einem Schlag eine Berühmtheit, ein überall gefragter Mann, könnte in Talkshows mitlabern und die verfolgte Unschuld spielen. Ansonsten würde ich nur dafür sorgen, dass eine Menge anderer Leute auf dem Fall herumreiten und sich wichtig machen können. Und ich müsste befürchten, dass mich kein Produzent oder Regisseur mehr besetzen möchte, weil mein Gesicht das Publikum irritieren könnte. Meine Rolle als

Kommissar könnte ich dann jedenfalls vergessen. Ganz abgesehen davon, dass immer irgendetwas hängen bleibt, besonders bei einem Vorleben wie meinem. Und deswegen möchte ich, dass jetzt endlich Ruhe ist, was diese leidige Geschichte angeht. Ein korrupter Bulle mehr oder weniger, das interessiert mich nun wirklich nicht."

„Ein Bulle, der immerhin gedroht hat, Sie zu töten", sagte Bischoff.

Janek grinste. „Da war er nicht der Erste ... Wo ist der Knabe eigentlich? Ist er untergetaucht, oder haben Sie ihn irgendwo versteckt, wo er keinen Schaden mehr anrichten kann?"

„Wir wissen nicht, wo er ist. Aber wir suchen nach ihm ..."

„Das will ich doch hoffen." Janek gähnte und rieb sich das Gesicht.

„Also, Frau Staatsanwältin, wie verfahren wir jetzt?", fragte Dr. Winter. „Gehen Sie auf den, wie ich finde, äußerst großzügigen Vorschlag meines Mandanten nun ein oder nicht?"

„Das kann ich nicht allein entscheiden ..."

„Dann erwarte ich Ihren Anruf. Sagen wir, bis elf Uhr...?"

„Einverstanden."

Der Anwalt und Janek erhoben sich und gingen, ohne ein weiteres Wort zu verlieren, zur Tür hinaus.

„Ich könnte jetzt einen Kaffee vertragen", sagte Gruber in die eingetretene, dumpfe Stille. „Und Hunger habe ich auch."

„Erwarten Sie etwa, dass ich Sie zum Frühstück einlade?", fragte Dr. Werner.

„Warum nicht, zur Feier des Tages", erwiderte Gruber. „Denn so wie ich die Sache sehe, bleibt uns durch diesen Deal jede Menge Ärger erspart. Auch wenn der dafür verantwortliche Kollege nicht von hier ist."

„Und was ist Ihre Meinung, Frau Kollegin?", wandte sich die Staatsanwältin an Bischoff.

„Das liegt doch auf der Hand, warum er ein Alibi möchte", sagte Bischoff mit gereizter Stimme. „Damit wäre er für alle Zeiten aus dem Schneider, egal, was noch ans Tageslicht kommen sollte"

„Sicher. Aber sind Sie jetzt dafür oder dagegen?"

„Und Reupold?", fragte Bischoff.

„Der dürfte vermutlich am meisten davon profitieren, würde ich sagen. Etwas Besseres könnte ihm doch gar nicht passieren."

Bischoff schwieg eine Weile, den Blick ins Leere gerichtet. Dann stand sie abrupt auf und ging zur Tür. „Ich fahre jetzt nachhause“, sagte sie, die Türklinke schon in der Hand.

38

Die Suche nach Reupold dauerte knapp zwei Tage. Dann hatte Bischoff es endlich geschafft, auf Umwegen über seine Familie und einen Ex-Kollegen, der inzwischen als Versicherungsdetektiv arbeitete, eine Telefonverbindung zu Reupold herzustellen.

„Hätte nicht gedacht, dass du dich so feige verdrückst", sagte Bischoff.

„Wär's dir lieber gewesen, wir hätten es anders geregelt?", fragte Reupold.

„Darüber reden wir später. Wo bist du jetzt?"

„Seid ihr nicht gerade mit Hochdruck dabei, das herauszufinden?"

„Keine Angst. Wir versuchen nicht mal, dich zu orten. Wir möchten nur mit dir reden."

„Und das soll ich dir glauben?"

„Was du glaubst oder nicht, ist mir, ehrlich gesagt, scheißegal."

„Na schön, und über was wollt ihr reden, wenn ich fragen darf?"

„Es gibt neue Entwicklungen. Leider zu deinen Gunsten, aber das auch nur, wenn du vorher auspackst."

„Was meinst du damit? Du warst doch dabei."

„Ich rede nicht von der Sache in Janeks Haus, sondern von der Sache in Irschenberg."

Pause.

„Was soll das?", sagte Reupold dann. „Du weißt doch, wie es dazu gekommen ist."

„Ich weiß nur, was du mir erzählt hast. Das ist ein kleiner Unterschied, würde ich sagen."

„Wie du meinst … Kann ich einen Anwalt mitbringen?"

„Kannst du."

„Und ich werde garantiert nicht festgenommen, wenn ich bei euch aufkreuze?"

„Warte einen Moment." Bischoff blickte fragend zu Dr. Werner. „Er verlangt freies Geleit. Können wir ihm das zusichern?"

Die Staatsanwältin nickte mit säuerlicher Miene. „Ungern. Aber wenn es anders nicht geht."

„Alles klar", sagte Bischoff zu Reupold. „Aber warte nicht zu lange. Das Angebot, das zur Debatte steht, gilt nicht ewig."

Und so erschien Reupold drei Tage nach seinem Auftritt in Janeks Haus bei Gruber und Bischoff im Büro, begleitet von einem korpulenten, etwa fünfzigjährigen Mann, der sich als Karl Tischendorf, Rechtsanwalt aus München, vorstellte.

„Als Erstes möchte ich wissen, ob gegen meinen Mandanten schon eine offizielle Anklage vorliegt“, kam Tischendorf gleich zur Sache.

„Noch nicht“, sagte Bischoff.

„Gut. Und jetzt?“

„Kommen Sie bitte …“

Bischoff führte Reupold und Tischendorf ins Besprechungszimmer, gefolgt von Gruber, der auf dem Weg dorthin zu Dr. Werner ins Büro schaute und sie über die Ankunft der beiden informierte. Nachdem alle Platz genommen hatten, sagte die Staatsanwältin zu Reupold: „Also dann, Herr Reupold, erzählen Sie uns allen doch noch einmal, wie Sie und Ihr Kollege Moser von der Drogenübergabe in Irschenberg erfahren haben!“

„Da gibt es nicht viel zu erzählen“, erklärte Reupold und wetzte dabei auf seinem Stuhl herum. „Ich hab einen anonymen Anruf erhalten und das ist die Wahrheit. Ich hatte weder den Bosch noch den anderen, diesen Kreutzer, jemals zuvor gesehen und wusste nur, dass im Lauf des Abends ein Typ in einem Opel Zafira mit Dachauer Kennzeichen an die Raststätte kommen würde, um eine Ladung Stoff abzuliefern. Und nach diesem Mann haben wir

Ausschau gehalten, mit bekanntem Ergebnis.“ Er setzte sich wieder aufrecht hin, machte eine kurze Pause und fuhr, sich entrüstet gebend, fort: „Herrgott noch mal, es war Samstagabend, außer Moser war keiner zur Stelle und bis wir ein Team zusammengestellt hätten, das hätte gedauert. Außerdem, wie oft haben wir schon einen Hinweis erhalten, sind quasi in Kompaniestärke ausgerückt, und dann April, April. Ich meine, irgendwann langt es einem, dauernd an der Nase herumgeführt zu werden. Und dann wird man eben ein wenig nachlässig, denkt man, dass man die Sache schon in den Griff kriegt, wenn's doch anders als erwartet kommen sollte.“

„Sie wollen uns also weismachen, dass Sie nicht so richtig an diesen Tipp geglaubt haben?“, fragte Dr. Werner. „Dass Sie nur nach Irschenberg gefahren sind, um Ihr Berufsethos nicht allzu sehr zu verletzen?“

„Ich will Ihnen überhaupt nichts weismachen. Das ist die Wahrheit.“

„Und warum habt ihr dann nicht mal eure Schutzwesten getragen?“, fragte Bischoff.

„Wann trägst du denn die scheiß Weste?“, blaffte Reupold zurück. „Doch so gut wie nie, oder?“

„Na gut. Lassen wir diesen Punkt mal beiseite“, sagte Gruber. „Und wann sind Sie dann auf die glorreiche Idee gekommen, sich einen Helfer zu besorgen und über Janek herzufallen?“

„Da ist nur sie dran schuld“, gab Reupold, wieder mit Blick zu Bischoff, zur Antwort. „Sie war so davon überzeugt, dass nur der Janek in Frage kommt, dass ich schließlich selbst daran geglaubt habe. Und da bin ich auf die Idee gekommen, dem Kerl einen Besuch abzustatten. Schon wegen Stefan. Ich meine, auch wenn es der andere war, dieser Bosch, der den Stefan erschossen hat, wollte ich dafür sorgen, dass dieser Scheißkerl von Schauspieler auch was abkriegt.“

„Herr Janek hat uns eine etwas andere Version erzählt …“

„Klar, was soll er sonst sagen, als dass wir ihn verprügelt hätten, um an das Kokain zu kommen. Aber das ist eine Lüge.“

„Ich hab ihn doch gehört, deinen Komplizen“, fuhr Bischoff Reupold an. „Der wollte eindeutig wissen, wo das Zeug ist. Also hör auf, uns hier für dumm zu verkaufen.“

„Die Kollegin hat Recht“, sagte Dr. Werner.

„Wir kommen hier nur weiter, wenn Sie aufhören, uns irgendwelche Lügengeschichten zu erzählen. Ich kann Sie auch auf der Stelle festnehmen lassen, wenn Ihnen das lieber wäre."

Reupold und sein Anwalt wechselten einen Blick. Der Anwalt räusperte sich, und sagte dann zu Dr. Werner: „Was hätte es zur Folge, wenn mein Mandant zu diesem Punkt seine Aussage berichtigen und sich der Version des Herrn Janek annähern würde?"

„Es wäre zumindest hilfreich …"

„Na schön, wir waren auch wegen dem Stoff dort", erklärte Reupold nach einer Pause. „Aber das war nicht der Hauptgrund. In erster Linie wollten wir es dem Kerl heimzahlen, dass er auf uns geschossen hat."

„Sie waren also nicht bereit, den Mann notfalls tot zu schlagen, um an das Kokain zu kommen?", fragte Dr. Werner.

„Bei allem Respekt, Frau Staatsanwältin, aber jetzt übertreiben Sie mal nicht. Von totschlagen kann nun wirklich nicht die Rede sein. Wir haben ihn verprügelt, aber mehr auch nicht. Auf jeden Fall hätte er die Sache überlebt, auch wenn er stur geblieben wäre." Er blickte erneut zu Bischoff. „Was ist mit dem Kerl jetzt eigentlich? Hat er sich wieder erholt?"

„Das erfährst du schon noch, keine Sorge. Sag uns lieber noch, wer dein Komplize war."

Reupold schüttelte den Kopf. „Kann ich nicht …"

„Was heißt das?"

„Dass ich ein toter Mann bin, wenn ich das mache."

„Na, na, na, jetzt werden Sie mal nicht melodramatisch", sagte Gruber. „Ich würde eher sagen, der Mann war ein Kollege von Ihnen, den Sie um jeden Preis schützen wollen."

„Blödsinn …"

„Wieso haben Sie den Mann eigentlich mitgenommen?", fragte Dr. Werner. „So ein harter Bursche wie Sie."

„Erstmal aus Vorsicht. Ist ja schließlich nicht gerade ungefährlich, nachts in ein fremdes Haus einzudringen, in dem ein Profi vielleicht nur darauf wartet, dass ihm einer dumm kommt. Außerdem musste ja einer auch mit ihm reden, und da wollte ich mich raushalten. Aber daran können Sie schon sehen, dass wir niemals die Absicht hatten, den Mann zu töten, sondern ihm nur ein bisschen Angst machen wollten. Ich meine, dann hätten wir auf die ganze Maskerade doch verzichten können, oder?“

„Na schön, wir haben eine gute und ein paar schlechte Nachrichten für Sie“, sagte Dr. Werner nach einem Blick zu Gruber und Bischoff. „Wir haben uns mit Herrn Janek darauf geeinigt, dass nichts von dem Vorfall in seinem Haus an die Öffentlichkeit dringt beziehungsweise strafrechtlich verfolgt wird. Allerdings unter zwei Bedingungen: Sie unterzeichnen ein Geständnis, das wir, falls Herr Janek nochmals durch Sie oder Ihren unbekannten Komplizen in Schwierigkeiten geraten sollte, gegen Sie verwenden werden. Zweitens: Sie quittieren umgehend den Dienst und lassen nie wieder etwas von sich hören.“

Reupold brauchte nicht lange, um sich zu entscheiden. Er blickte einmal kurz in die Runde, registrierte das Nicken seines Anwalts, und sagte: „Akzeptiert.“

„Schön, und jetzt raus hier“, sagte Dr. Werner.

Reupold und sein Anwalt erhoben sich gleichzeitig und wandten sich zur Tür.

„Einen Moment noch“, sagte Gruber, stand

ebenfalls auf und ging um den Tisch herum auf Reupold zu, der ihm zwar misstrauisch entgegenblickte, aber nichts tat, was Gruber daran gehindert hätte, mit der rechten Faust auszuholen und ihm einen kräftigen Schwinger ans Kinn zu versetzen.

Reupold stolperte ein, zwei Schritte rückwärts und landete auf dem Hosenboden.

„Jetzt können Sie gehen", sagte Gruber.

39

„Ist wirklich schön hier“, sagte Bischoff.

„Klar ist es schön hier“, erwiderte Gruber. „Was meinst du, wieso der Fleck hier Malerwinkel genannt wird. Hier haben schon Generationen von Pinselkünstlern ihre Eindrücke vom Chiemsee festgehalten.“

Bischoff nickte nur.

„Meine Mutter war übrigens auch gerne hier“, erzählte Gruber weiter. „Aber da hat's hier noch ganz anders ausgesehen.“ Er trank einen Schluck von seinem Cappuccino und musterte einen etwa gleichaltrigen, modisch gekleideten Mann, der gerade die Terrasse betreten hatte und sich nach einem Platz umsah.

„Kennst du den Mann?“, fragte Bischoff, die seinem Blick gefolgt war.

„Nein. Aber kannst du mir mal verraten, warum sich fast keiner mehr den Schal umbindet, sondern in einer Schlaufe verknotet?“

„Keine Ahnung. Vielleicht, weil's schick aussieht.“

„Ah ja. Und wenn morgen irgendein anderer Depp auf die Idee kommt, im Winter statt einer Wollmütze einen Strohhut zu tragen, machen dann auch alle mit?"

„Warum nicht? Wenn's ein schicker Strohhut ist …"

„Ihr seid alle verrückt."

„So verrückt wie unser Fall, den es offiziell gar nicht gibt? Stört es dich eigentlich gar nicht, dass wir verloren haben?"

Gruber blickte seine Kollegin mit ernster Miene an. „Natürlich stört es mich, wenn Leute, die mit Rauschgift handeln und auf Polizisten schießen, davonkommen. Und es stört mich auch, wenn Kollegen da mitmischen und ein ehemaliger Motorradgangster es vielleicht geschafft hat, seinen Hals in letzter Sekunde aus der Schlinge zu ziehen. Aber noch mehr würde es mich stören, wenn ich deswegen schlaflose Nächte hätte. Wir können die Welt nicht ändern, wir können nur unsere Arbeit machen und wenn's mal nicht reicht, weil wir an Methoden festhalten, die uns, uns alle vor Willkür und Grausamkeit schützen, müssen wir damit leben. Ich hoffe, du kommst damit zurecht?"

„Und wenn nicht …?"

Dann such dir lieber einen Job bei der CIA,

war Gruber versucht zu antworten, schämte sich aber sofort für diesen Gedanken. Er wusste, dass seine Kollegin nur deprimiert war, dass sie viel schwerer damit zu kämpfen hatte, sich mit ihrer Niederlage abzufinden.

Um sich abzulenken, blickte er wieder auf den See hinaus, auf dem sich Dutzende von Segelbooten tummelten. Schon seltsam, dachte er, dass er nie den Wunsch verspürt hatte, mal auf einem dieser Boote mitzufahren. So wie es ihn auch nie gereizt hatte, auf einen der Berge zu klettern, die sich hinter dem See erhoben. War es nur Trägheit gewesen, ein Mangel an Lebensfreude, was ihn davon abgehalten hatte? Oder steckte sein bäuerliches Erbgut dahinter, das jede unnütze Betätigung verbot? Er lächelte ein wenig wehmütig und fragte sich, ob Dresden und das Erzgebirge diese Vorstufe des Paradieses, wie Bayernkönig Horst I seine Heimat bezeichnet hatte, ersetzen könnten.

„Trotzdem würde ich wirklich gerne wissen, wer der Kerl war, der zusammen mit Reupold bei Janek aufgekreuzt ist“, unterbrach Bischoff seine Tagträumereien. „Ich meine, Reupold hat immerhin sein Leben riskiert, um dem Typ die Flucht zu ermöglichen.“

„Hat er das wirklich?"

„Was willst du damit sagen?", kam es scharf zurück.

„Jetzt werd nicht gleich sauer. Wahrscheinlich hat er einfach gewusst, dass du nicht schießen würdest. Jedenfalls nicht unter diesen Umständen."

Bischoff lächelte vage. „So, meinst du?"

„Ja. Aber ich kann dich beruhigen, ich hätte mich höchstwahrscheinlich auch zurückgehalten. Nichts gegen Grundsätze, aber manchmal ist es wirklich einfach klüger, nachzugeben und den Dingen ihren Lauf zu lassen. Und stell dir vor, der andere wäre tatsächlich ein Polizist gewesen. Dann würden wir jetzt nicht in aller Ruhe hier sitzen und die Aussicht genießen können."

Bischoff nickte. „Jedenfalls glaube ich ihm, wenn er sagt, dass er erst durch mich auf die Idee gekommen ist, den Janek zu überfallen."

Gruber sagte nichts.

„Er ist kein schlechter Mensch, weißt du. Er ist nur … Er ist nur schwach geworden, würde ich sagen."

„Dann ist doch alles gut."

40

Gruber war noch mit Rasieren beschäftigt, als Ingrid ins Badezimmer kam und ihm sein Handy hinhielt.

„Die Bischoff", sagte sie.

Gruber legte den Rasierapparat beiseite, trocknete sich ab und griff nach dem Mobiltelefon. „Ja …?"

„Hast du heute schon Nachrichten gehört?", fragte seine Kollegin mit aufgeregter Stimme.

„Nein. Du weißt doch, dass ich dieses Radiogeplapper nicht ausstehen kann. Von der scheiß Musik ganz abgesehen."

„Dann pass auf: Heute gegen sechs Uhr morgens hat ein Jagdpächter in der Nähe von Moosburg in einem Waldstück drei Leichen entdeckt. Oder besser gesagt, die verkohlten Überreste von drei Leichen. Wurden vermutlich im Lauf der Nacht dort abgeladen, mit Benzin übergossen und angezündet. Jedenfalls ist nicht mehr viel von ihnen übrig. Bei einer davon dürfte es sich übrigens um eine Frau handeln, meinen die Kollegen."

„Klingt übel. Aber was geht uns das an?"

„Weiß ich noch nicht. Aber das wirklich Interessante kommt ja noch: Allen dreien fehlt der Kopf. Was sagst du jetzt?“

„Na ja, was soll ich dazu schon sagen? Riecht nach einer Abrechnung, bei der die Täter absolut sicher gehen wollten.“

„Genau. Und das zufällig keine zwei Monate nach dieser Sache in Irschenberg.“

„Das lässt dir keine Ruhe, was?“

„Stimmt.“

„Dann sollten wir …“

„Habe ich schon veranlasst“, unterbrach ihn Bischoff. „Ein Streifenwagen ist von Prien aus schon auf dem Weg zu ihm.“

„Halte mich auf dem Laufenden. Ich bin in einer halben Stunde im Büro.“ Gruber legte das Handy auf die Waschmaschine, rasierte sich zu Ende und ging dann, in Gedanken versunken, zu Ingrid in die Küche. Er setzte sich an den Tisch und schenkte sich eine Tasse Kaffee ein.

„Willst du so ins Büro?“, fragte Ingrid mit Blick auf seinen Bademantel.

„Gleich …“

„Ist was passiert?“

„Kann man wohl sagen.“ Gruber erzählte seiner Frau, was er soeben erfahren hatte.

„Und was meinst du dazu?“, fragte Ingrid nach einer Pause.

„Nun ja, könnte schon sein, dass es mit der Sache am Irschenberg zusammenhängt. Drei verstümmelte Leichen auf einen Schlag, das kommt eigentlich nur in diesen Kreisen, also Drogen- oder Menschenhandel, vor.“

„Und wer könnten die Toten dann sein?“

„Tja, gute Frage. Wenn wir davon ausgehen, dass Bosch der Chef der Bande war, hatten sein Komplize und seine Freundin vielleicht ein Problem damit, den Stoff loszuschlagen und sind dabei an die falschen Leute geraten. Oder sie wurden von der Konkurrenz ausgeschaltet. Möglich ist vieles.“

„Und die dritte Leiche?“

Gruber zuckte mit den Schultern. „Schwer zu sagen. Vielleicht einer von der Gegenseite, der dabei mit draufging. Oder es war bei der Übergabe in Irschenberg noch ein vierter Mann mit im Spiel, der nicht bemerkt wurde, weil er nicht eingegriffen hat. Kann sich aber auch um jemanden handeln, der zufällig da hineingeraten ist.“

„Ganz schön heftig, muss ich sagen.“

„Allerdings. Aber dieses Geschäft ist nun

mal knüppelhart und wer sich darauf einlässt …"

„Ja. Und du hast wieder mal Recht gehabt!"

„Ich? Wieso?"

„Weil dieser Schauspieler dann ja wirklich nichts mit der Sache zu tun hatte, oder?"

Gruber nickte mit bedächtiger Miene. „Sieht fast so aus … Vorausgesetzt, er ist noch unter den Lebenden." Er schob seine Tasse zurück und blickte missmutig zum Fenster hinaus. In wenigen Tagen war Weihnachten, und von Winter noch immer keine Spur. Keine Kälte, kein Schnee und auch keine Aussichten, dass sich dies demnächst ändern würde. Wenn es wenigstens neblig wäre, dachte er, damit man die ganze Misere nicht so bemerkt.

„Weißt du eigentlich, was aus diesem Reupold geworden ist?", fragte Ingrid unvermutet.

„Nichts Genaues. Aber die Bischoff hat gehört, dass er sich auf Mallorca aufhalten soll …"

„Was will er denn dort?"

„Keine Ahnung. Sie hat nur gesagt, sie und der Reupold hätten damals bei der Befragung von diesem Ex-Schlagersänger einen Immobilienmakler kennen gelernt, der für einen harten Burschen Verwendung hätte. Vielleicht will er da einsteigen, von irgendwas muss er ja leben."

Sein im Badezimmer abgelegtes Handy läutete. Gruber sprang auf und lief hinüber. Es war Bischoff.

„Und?"

„Er lebt. War nur grantig, weil man ihn geweckt hat."

Gruber atmete erleichtert aus.

„Hast du vor, mit ihm darüber zu reden?", fragte Bischoff.

„Das wäre eigentlich deine Aufgabe, findest du nicht?"

„Vielleicht. Trotzdem wär's mir recht, wenn du das übernehmen könntest."

Gruber überlegte kurz. Er hatte in den vergangenen Wochen oft über Janek nachgedacht, immer wieder alles bedacht, was für und was gegen den Mann sprach. Dass er mit von der Partie gewesen sein könnte, lag auf der Hand. Jedenfalls bis heute. Aber jetzt, mit diesen drei Leichen frei Haus! Da schienen wirklich andere Kräfte am Werk zu sein.

„Lieber nicht", erwiderte er dann. „Für mich ist der Fall damit endgültig erledigt. Und du würdest auch gut daran tun, endlich einen Schlussstrich unter die Sache zu ziehen."

Epilog

Janek wartete, bis die dunkelgrüne Jaguar-Limousine in die Straße eingebogen war und der Wagen Fahrt aufgenommen hatte. Dann startete er seinen Toyota Auris und folgte dem Jaguar mit reichlich Abstand. Er wusste, wohin es gehen würde. Wichtig war nur das Timing, die Vorgabe, dass er nicht zu spät dort ankommen durfte.

Nach einer Weile ließ er das rechte Seitenfenster runter und etwas frische Luft in den Wagen wehen. Es war eine laue Frühlingsnacht nach einem Winter, der keiner gewesen war, und Janek fühlte sich trotz seiner Anspannung großartig. Diese eine Sache noch, und dieses lausige Kapitel in seinem Leben wäre endgültig abgeschlossen. Nächste Woche um diese Zeit würde er schon auf Mallorca sein und für seinen nächsten Film, seine erste Komödie, vor der Kamera stehen. Er grinste kurz vor sich hin. Ausgerechnet Mallorca! Mal sehen, vielleicht würde er dabei diesem Hundesohn von Ex-Schlagersänger, der ihm so viel Ärger bereitet hatte, einen kleinen Besuch abstatten. Einfach nur hinfahren und schauen, was sich ergab, wie sich der Kerl aus Angst vielleicht in die Hose machte.

Der Jaguar kam wieder in Sicht. Er hielt vor einer Ampel auf Rot. Janek bremste ab und dachte, in einem Film wäre das jetzt die Gelegenheit. Er würde aufs Gas treten, neben dem Jaguar halten, die Knarre vom Beifahrersitz aufheben und dem Fahrer das Gehirn rausblasen. Tolle Szene, nur mit dem Nachteil, dass er dabei sichtbar würde.

Die Ampel sprang auf Grün, der Jaguar fuhr weiter, und Janek konzentrierte sich wieder auf sein Vorhaben. Er hatte lange überlegt und gezögert, ob er es wirklich machen sollte, ob er wirklich bis zum Äußersten gehen sollte. Vor allem, nachdem die endgültige Entsorgung seiner drei Leichen so reibungslos über die Bühne gegangen war und die Polizei laut Medienberichten genau die Vermutungen angestellt hatte, die er sich erhofft hatte: Abrechnung im Drogenmilieu, eines der Opfer möglicherweise Bernadette Wagner, eventuell eine Folge der Schießerei an der Autobahnraststätte Irschenberg. Jetzt noch einmal ein Risiko eingehen? Viel Zeit und auch ziemlich viel Geld aufwenden, um die Sache auch möglichst effektiv hinter sich zu bringen? Aber er glaubte, ein guter Menschenkenner zu sein, und war deswegen überzeugt davon, dass dieser Friesinger niemals aufhören würde, an ihn zu denken, an diesen Stachel in seinem Fleisch. Dass dieser Scheißkerl niemals vergessen würde, wie viel Janek ihn gekostet hatte. Und dass er folglich irgendwann, vielleicht schon nächste Woche, vielleicht auch erst in einem Jahr, einen Mietkiller auf ihn ansetzen würde, der ihm keine Chance lassen würde. Der ihn aus dem Hinterhalt ausknipsen würde, kühl und emotionslos.

Also hatte er sich im Westend ein kleines Apartment gemietet, das ihm als Stützpunkt für seine Operation diente, und einen Plan ausgearbeitet. Hatte sich hineinversetzt in die Rolle eines Profis, der es auf ihn abgesehen hätte. Und heute Nacht war es endlich soweit, nach wochenlangen Beschattungsaktionen, unauffälligem Ausforschen und Beschaffung aller nötigen Mittel.

Janek erreichte die Straße, in der seine Zielperson wohnte und verlangsamte das Tempo. Alles war ruhig und leer. Um vier Uhr morgens zwar kein Wunder, aber er war dennoch erleichtert. Er passierte die Villa und bekam gerade noch mit, wie der Jaguar in der Doppelgarage verschwand. Er fuhr weiter bis zur nächsten Ecke, nahm die kleine rote Box vom Beifahrersitz und drückte auf den Knopf der Fernzündung. Einen Augenblick später ertönte der dumpfe Knall der Explosion, und Janek brauchte nicht viel Vorstellungskraft, um sich ein Bild von der Verwüstung zu machen, die die am Wagenboden des Jaguars angebrachte Sprengladung ausgelöst hatte. Er murmelte: „That's the end, my friend", und machte, dass er nach Hause kam, bevor der Rummel losging.

Pendragon Verlag
gegründet 1981
www.pendragon.de

Gedruckt auf holz- und säurefreiem Naturpapier

Originalausgabe
Veröffentlicht im Pendragon Verlag
Günther Butkus, Bielefeld 2014

Lektorat: Anja Schwarz, Marietta Heel
Umschlag: Uta Zeißler, Bielefeld
Umschlagfoto: mauritius images / Andreas Vitting
Satz: Pendragon Verlag auf Macintosh
Gesetzt aus der Adobe Garamond
ISBN 978-3-86532-419-1
Gedruckt in Deutschland